HERZBERG

Marcel Probst, 1964 in Grenchen (CH) geboren, studierte nach der Matura im Hauptfach Betriebswirtschaft und im Nebenfach Publizistik. Er ist als Betriebswirtschaftler in der Privatwirtschaft sowie als nebenamtlicher Dozent in der Erwachsenenbildung tätig.
Nach „Engelstod" (2003) und „Der zweite Amur" (2007) legt er mit „HERZBERG" seinen dritten Kriminalroman auf.

*** *** ***

Alle Personen und Schauplätze in diesem Roman sind frei erfunden. Die Handlungen sind fiktiv und beruhen nicht auf wissenschaftlichen Kenntnissen.

Marcel Probst

HERZBERG

Kriminalroman

Bibliografische Information der Deutschen Nationalbibliothek:
Die Deutsche Nationalbibliothek verzeichnet diese Publikation in der
Deutschen Nationalbibliografie; detaillierte bibliografische Daten sind
im Internet über http://dnb.dnb.de abrufbar.

© 2019 Marcel Probst
Lektorat: Dr. Claus Wagner AG, Rapperswil-Jona
Titelbild: Marcel Probst (Schiberg und Plattenberg)
Herstellung und Verlag: BoD – Books on Demand, Norderstedt
ISBN: 978-3-7481-7813-2

Du hast nur eines.

Es gehört nur Dir.

Du kannst es nicht verschenken.

Es schlägt nur für Dich.

Du kannst es nicht teilen.

Es ist einzigartig.

Dein HERZ!

Civitavecchia, Italien
10. April

Ein alter Fischer hatte die Leiche im Morgengrauen bei seiner Rückkehr zwischen zwei Booten im Hafen von Civitavecchia gefunden. Der Tote hatte sich an einem Schiffsseil verheddert und lag mit dem Gesicht nach unten im Wasser. Gespenstisch schaukelte der aufgedunsene Körper hin und her, wie ein praller, graubläulicher Ballon. Sein Oberkörper war nackt, nur unten bekleidete den Toten eine schwarze Seidenhose. Die Füsse trugen keine Schuhe und waren ebenfalls nackt.

Der Fischer hatte unverzüglich die Polizei alarmiert. Hier in der Hafenstadt unweit von Rom kannte schliesslich jeder jeden. Und da wollte niemand auch nur das Geringste mit einem Mord zu tun haben.

Es hatte keine fünf Minuten gedauert, bis die ersten beiden Polizisten am Hafen erschienen waren. Mit zwei langen Rettungsrechen hatten sie den Toten auf die Brüstung gehievt und mit einer Aluminiumdecke zugedeckt.

„So etwas habe ich in meinem Leben noch nie gesehen, und das war wahrlich nicht wenig", hatte der ältere der beiden Polizisten zum knorrigen Fischer gesagt. „Das ist nur etwas für ganz starke Nerven!"

Der alte Mann hatte ihn wortlos fragend angeschaut, aber dem Polizisten keine weiteren Details mehr entlocken können.

Wenig später war bereits der ganze Hafensektor durch ein Heer von Polizisten abgeriegelt worden. Am oberen Ende der Zufahrtsstrasse versuchten bereits erste Fotografen und Schaulustige an der Absperrung vorbei zu kommen. Doch die Polizei liess niemanden passieren.

Während die Beamten der Spurensicherung ihre Arbeit bei den beiden Booten, wo der Tote gefunden worden war, schon bald erfolglos wieder abbrachen, nahm ein Gerichtsmediziner in einem eilig errichteten weissen Plastikzelt vom Toten einen ersten Augenschein. Man musste wirklich abgebrüht sein, um den Anblick der menschlichen Überreste ertragen zu können. Der Brustkorb des Mannes war gewaltsam, aber auf den ersten Blick offensichtlich fachmännisch aufgebrochen worden. Dort, wo sich das Herz befand, klaffte ein tiefes schwarzrotes Loch.

„Ich glaube es nicht", stammelte der Gerichtsmediziner. „Das Herz ist weg, medizinisch perfekt entfernt. Wenn wir es nicht mit einem Irren zu tun haben, kann das nur Eines bedeuten." Er schüttelte abermals ungläubig den Kopf und bedeckte die sterblichen Überreste des Mannes wieder mit der Aluminiumdecke. Genauere Untersuchungen waren nur im Gerichtsmedizinischen Institut bei besseren Lichtverhältnissen und den notwendigen Instrumenten möglich.

Beim Toten schien es sich um Aari Rantala, einen finnischen Touristen zu handeln. In einer seiner Hosentaschen hatte man neben einem Taschentuch und Dollarscheinen eine plastifizierte Bordkarte des Kreuzfahrtschiffes ‚MSC Lirica' gefunden, welches gestern Abend von Civitavecchia aus nach Messina in Sizilien aufgebrochen war. Die Abklärungen waren bereits eingeleitet und man würde schon bald mehr wissen.

Gegen acht Uhr am Morgen deutete dann im Hafen von Civitavecchia bereits nichts mehr auf den schrecklichen Fund hin. Die örtliche Polizei hatte ihre Ermittlungen am Fundort abgeschlossen und den Fall bereits an die zuständige Kriminalpolizei übertragen. Diese hatte bald herausgefunden, dass Aari Rantala gestern am späteren Abend nicht von seinem privaten Landgang auf die ‚MSC Lirica' zurückgekehrt war. Da dies nichts Ungewöhnliches war, wenn Passagiere auf eigene Faust, anstelle der vom Reisebüro organisierten Ausflüge, an Land gingen, hatte das Kreuzfahrtschiff gegen 22 Uhr seine Reise Richtung Sizilien ohne den Finnen fortgesetzt. Oft kam es vor, dass sich die Vermissten bald einmal telefonisch meldeten und versuchten, im nächsten Anlegehafen wieder an Bord zu gehen.

Wenige Minuten nachdem die ‚MSC Lirica' gegen 10 Uhr des folgenden Tages nach einem aufwendigen Drehmanöver im Hafen von Messina auf Sizilien ihre

Ankerposition eingenommen hatte, waren die Beamten der Kriminalpolizei bereits an Bord gegangen. Um keine grosse Aufmerksamkeit auf sich zu ziehen, waren sie in Zivil gekleidet.

Kapitän Luca Cerrone erwartete den Leiter der Kriminalpolizei bereits in seinem Kommandoraum, welchen er durch eine Verbindungstüre direkt von seiner Suite aus erreichen konnte.

„Passagier Rantala hat bei uns eine Einzelkabine belegt", sagte der Kapitän einleitend zu den Kriminalbeamten. „Er ist uns seit der Abfahrt vorgestern in Genua nicht aufgefallen. Wissen Sie, manchmal zeigen Passagiere ein aussergewöhnliches Verhalten oder fallen sonst irgendwie negativ auf. Nun gut, wir waren ja auch erst einen Tag und eine Nacht unterwegs gewesen. Wir haben jedoch gestern Abend unverzüglich Meldung an die Hafenpolizei und den Zoll in Civitavecchia sowie an das Reisebüro gemacht, bei dem Passagier Rantala die Reise gebucht hatte."

„Dann muss Rantala wohl auf seinem Landgang gekidnappt worden sein. Oder aber er wurde in seiner Kabine ermordet und dann über Bord geworfen", sagte der leitende Ermittlungsbeamte.

„Letzteres schliesse ich eher aus", entgegnete Cerrone. Rantala belegte eine Innenkabine und auf dem Weg auf das Deck wäre der Transport eines Bewusstlosen oder Toten sicher jemandem aufgefallen."

„Das werden wir schon herausfinden. Er könnte aber auch erst an Deck getötet worden sein. Kapitän Cerrone, wie steht es mit den Papieren von Aari Rantala?"

„Wir haben Ihnen wie gewünscht seine Passkopie sowie das offizielle Check-in-Formular bereitgestellt. Zudem haben wir eine Kopie des Fotos, welche wir von allen Passagieren für die Bordkarte, welche auch als Zahlungsmittel gilt und auf dem ganzen Schiff wie eine Kreditkarte verwendet werden kann, beigelegt. Und einen Auszug aller Bezüge von Rantala in unseren Restaurants, Bars, Casino, Shops und dem Reisebüro. Und eine Schlüsselkarte zu Rantalas Kabine, Deck 5 Rigoletto, Kabine 5211."

Cerrone nahm einen grossen weissen Umschlag mit den angesprochenen Unterlagen hervor und reichte ihn dem Beamten.

„Danke. Ich gehe davon aus, dass Sie unsere Anweisungen bereits befolgt haben und die Kabine verschlossen worden ist."

„Ja, das haben unsere Sicherheitsbeamten an Bord bereits erledigt", sagte der Kapitän.

„Sehr gut. Dann werden wir mal versuchen, unsere Ermittlungen an Bord so diskret wie möglich durchzuführen. Wir melden uns bei Ihnen, wenn wir etwas brauchen. Und informieren Sie bitte nur die wichtigsten Offiziere an Bord sowie das Personal, welches mit Rantala direkten Kontakt hatte."

Der Kriminalbeamte erhob sich und begab sich zu seinen drei Kollegen, welche in einem Restaurant an Bord auf ihn gewartet hatten. Danach besprachen sie die nächsten Schritte und suchten die Räume des Bordsicherheitsdienstes auf, wo sie von dessen indischen Leiter bereits erwartet wurden.

Madrid, Spanien
11. April

Der niederländische Geschäftsmann Ruud van der Laar rauchte auf dem vielleicht gerade mal dreissig Zentimeter vorstehenden Balkon seines Zimmers im Hotel ‚Pazifico' in der Gran Via eine Zigarette. Es war eben 17 Uhr gewesen und er fror, war doch die Temperatur gegenüber dem Vortag, als er angereist war, von 28 Grad auf knapp 10 Grad eingebrochen. Zu allem Übel war es auch noch nass und windig geworden. Passanten waren an diesem Sonntagabend nur wenige unterwegs.

Nichts ahnend blickte Ruud von der Laar auf die grossformatigen Stoffreklamen vor einem Baugerüst eines Einkaufszentrums auf der gegenüberliegenden Strassenseite. Wahrscheinlich wurde gerade dessen Fassade renoviert und die Werbeflächen verschönerten das Strassenbild. Das eine Bild zeigte eine leicht bekleidete Frau an einem Strand. Das andere Bild war wesentlich unattraktiver, war doch eine Packung mit Streichkäse abgebildet.

Im Moment, als er die Zigarette ausdrücken wollte, peitschte ein Schuss durch die Luft und traf Ruud von der Laar in die Schläfe. Er war auf der Stelle tot und über das niedrige Balkongeländer vom zweiten Stockwerk auf den Gehsteig vor dem Hotel gestürzt. Dort war er von zwei schwarz gekleideten maskierten Männern auf die viereckige offene Ladefläche eines bereitstehenden roten Toyota Pickups geladen worden. Das Auto war vor wenigen Augenblicken im nur mässigen Verkehr rasant vorgefahren und hatte beim Eingang des Hotels, eine eigentliche Zufahrt gab es an der Gran Via nicht, brüsk gestoppt. So schnell wie die Maskierten ausgestiegen gewesen waren, verschwanden sie auch wieder im Auto, welches sich mit Vollgas in der mittleren Fahrspur einreihte und mit übersetzter Geschwindigkeit stadtauswärts fuhr.

Die ganze Aktion hatte vielleicht eine halbe Minute gedauert und war nur von einigen Spaziergängern ungläubig verfolgt worden. Ein junger Mann hatte sich als erster wieder gefasst und war sofort in die Rezeption des Hotels ‚Pazifico' gestürmt, von wo aus die Polizei alarmiert worden war.

Als die in Madrid sonst so omnipräsente Policia nach zehn Minuten am Ort des Geschehens mit einem Grossaufgebot eingetroffen war, setzte gerade ein heftiger Platzregen ein. Die erste Vernehmung der Zeugen wurde daher in einem eilends hergerichteten Seminarraum des Hotels ‚Pazifico' durchgeführt.

Neben dem jungen Mann, welcher die Polizei verständigt hatte, waren einige Prostituierte, welche auf der Strasse unter den Vordächern der mit dem Hotel ‚Pazifico' verbundenen Gebäuden anschafften, von Bedeutung.

Nach zwei Stunden zogen die Beamten jedoch erfolglos wieder ab, nachdem sie alle Personalien aufgenommen hatten. Zu unpräzis waren die Aussagen der wenigen Zeugen gewesen und die Bordsteinschwalben hatten einzig die Fahrtrichtung des Toyota

Pickups bestätigen können. Aber nicht einmal das Autokennzeichen des Fluchtfahrzeuges hatte sich jemand gemerkt. Auch ein erster Augenschein der Polizisten im Zimmer 206 von Ruud van der Laar hatte keine zählbaren Erkenntnisse gebracht. Hier mussten jedoch erst die Kollegen der Spurensicherung an den Tatort kommen, um Zimmer und Balkon professionell zu untersuchen.

Bis Mitternacht waren in Madrid weder eine Vermisstanzeige noch Hinweise auf einen ermordeten Holländer eingegangen. Die sofort eingeleitete grossflächige Suchaktion lief derweilen bereits national auf Hochtouren. Aber der Vermisste, von dem man nicht einmal wusste, ob er tot oder noch am Leben war, konnte überall und nirgendwo sein.

Genau genommen war es eine der unangenehmsten Situationen für die Polizei. Ein Mensch war scheinbar ohne weitere Anhaltspunkte verschwunden. Man war gezwungen, auf Augenzeugenberichte abzustützen und musste ihnen glauben. Einzig die Tatsache, dass Ruud van der Laar bis zum jetzigen Zeitpunkt nicht ins Hotel zurückgekehrt war, liess auf die Wahrscheinlichkeit der wenigen konkreten Zeugenaussagen schliessen. Der Einschreibung im Hotel nach konnte man schliessen, dass van der Laar gedachte, noch die nächsten zwei Tage in Madrid zu bleiben. Er schien für eine deutsche Bank zu arbeiten, wenn die Unterlagen in seinem Handgepäck richtig gedeutet worden waren. Die Nachforschungen diesbezüglich liefen bereits.

Kurz vor zwei Uhr morgens bewahrheitete sich aber dann leider die unfassbare Tatsache. In einer Querstrasse der Calle Mozart, am südwestlichen Rand des Parque del Oeste gelegen, hatte ein Suchtrupp der Polizei einen roten Toyota Pickup gefunden. Er musste wohl erst vor wenigen Stunden gestohlen worden sein, war doch das Schloss an der Beifahrertüre nicht unzimperlich mit einem harten Gegenstand aufgebrochen worden. Auf der Ladefläche des Wagens fanden sich Blutspuren; die Täter hatten zwar versucht, diese mit einem feuchten Lappen wegzuwischen, was aber nicht vollumfänglich gelungen war. Es machte ganz den Anschein, dass sie dabei gestört worden waren und das Auto fluchtartig hatten zurücklassen müssen.

Rasch waren die Zugänge der Calle Mozart im Norden und im Süden abgesperrt und Verstärkung war angefordert worden. In der Hauptstrasse sowie den wenigen kleinen Quersträsschen schienen nicht viele Menschen zu wohnen. An einem Grossteil der Gebäude nagte der Zahn der Zeit und sie standen leer. Einige Anwohner hatten den Polizeieinsatz offensichtlich nun doch mitbekommen und hatten sich auf die Strasse begeben. Niemand schien jedoch in den letzten Stunden etwas Auffälliges gesehen oder gehört zu haben.

Als die ersten Ermittlungsspezialisten am Fundort des Pickups eintrafen, waren zuerst zwei Notscheinwerfer installiert worden, um wenigstens etwas Licht in die Querstrasse zu bringen. Die Täter mussten sich wohl sehr sicher gefühlt haben. Von der Ladefläche des Autos über die Stossstange verliefen Blutspuren. Und diese führten am Boden zum Eingang eines kleinen Lagerschuppens, der in Eile mit einem rostigen Abfallcontainer verstellt worden war.

Im Innern des Schuppens machte die Polizei dann einen grausigen Fund. Die Leiche eines Mannes lag mit nacktem Oberkörper auf einigen Holzpaletten, die mit einer dicken durchsichtigen Plastikfolie überzogen worden war. Der Thorax war auf der Seite des Herzens aufgeschnitten worden und dann behelfsmässig wieder geschlossen worden.

Hatte man dem Mann das Herz entfernt? Dies konnte man erst wissen, wenn die Leiche durch die Spurensicherung für die gerichtsmedizinische Untersuchung freigegeben worden war.

Und handelte es sich beim Toten um Ruud van der Laar? Zumindest das Einschussloch an der rechten Stirn deutete darauf hin. Eine Identifikation durch das Personal an der Rezeption des Hotels ‚Pazifico' würde hier rasch Klarheit schaffen.

„Das Herz wurde fachmännisch entfernt, kein Zweifel", sagte der Unfallmediziner. „Der Tod dürfte vor acht bis zehn Stunden eingetreten sein, es könnte also zeitlich passen. Genauere Analyseresultate sollten wir bis morgen Mittag haben."

Die Leiche wurde in einen Metallsarg gelegt und für den Transport ins Gerichtsmedizinische Institut von Madrid bereit gemacht.

Um vier Uhr nachts hatte die Polizei dann endlich die Gewissheit, dass es sich beim Toten um den Holländer handelte. Der Nachtportier hatte Ruud van der Laar anhand eines Fotos ohne Zweifel identifiziert.

Bern, Schweiz
11. April

Bern ruhte an diesem frühen Sonntagmorgen unter einer bodennahen dichten Nebeldecke. Für diese Jahreszeit war dies eher ungewöhnlich und zudem lästig für die Menschen, die sich nach einem strengen Winter endlich auf die ersten wärmenden Sonnenstrahlen des Frühlings sehnten. Nur einige zehn Meter höher und man konnte den schwarzorangen Sonnenaufgang über den Berner Alpen in sich einsaugen. Dieses Privileg genossen die Patienten im Hochhaus des Berner Inselspitals bei ihrer Tagwache. Weit unter ihnen lag das zähe Wattenmeer des Nebels und schien die kleinen Häuschen nicht mehr preisgeben zu wollen. Daneben der krasse Gegensatz der strahlend erwachenden Blüemlisalp, von Eiger, Mönch und Jungfrau.

Das dunkelgrün schimmernde Hochhaus der 'Insel', wie das Universitätsspital der Schweizer Hauptstadt in der Bevölkerung genannt wird, genoss scheinbar seine optische Sonderstellung an diesem Morgen und konkurrenzierte einzig mit dem Berner Münster, welches ebenso die Szenerie oberhalb des Nebels prägte. Der Turm der Insel, ein kleiner Burj Khalifa, in ebenso prächtiger Kulisse.

Das Inselspital hatte seinen Ursprung bereits im Spätmittelalter und war im Jahre 1354 von einer gewissen Anna Seiler per Testament als Spital zur unentgeltlichen Pflege mit dreizehn Betten errichtet worden. Der Name 'Insel' ging auf einen Umzug des

'Seilerinnen-Spitals' im Jahre 1531 in das ehemalige Dominikanerinnen-Kloster 'St. Michaels Insel' zurück, welches beim heutigen Bundeshaus stand und hatte nichts mehr mit dem heutigen Spitalkomplex zu tun. Dieser war aus dem Zusammenschluss verschiedener medizinischer Institutionen in seiner aktuellen Form entstanden und örtlich gesehen heute etwas mehr als anderthalb Kilometer westlich vom Bundeshaus gelegen.

Am Inselspital arbeiteten 7'000 Mitarbeitende in über 40 Spezialkliniken und Zentren. Es nahm mit seiner Grösse eine bedeutende Stellung im schweizerischen Gesundheitswesen mit starker internationaler Vernetzung ein.

* * *

„So schön wie Du möchte ich es auch einmal haben!", sagte die junge Assistenzärztin Caroline Wyss auf der Intensivstation mit einem leicht schnippischen Unterton. „Ich möchte gerne mal wissen, was Du in Deiner freien Zeit immer so treibst."

Professor Doktor Armin Söder arbeitete seit 15 Monaten am Inselspital in Bern. Er reagierte kaum mehr auf die neidischen Kommentare seiner Arbeitskollegen. Er war eine echte Kapazität auf seinem Gebiet, ja wohl gar einer der europäischen Top Ten, obwohl er mit seinen 38 Jahren eher zur jüngeren Garde gehörte. Und da konnte es schon vorkommen, dass man ihm seinen Lebensstil in Medizinerkreisen vorhielt. Bei seinem Wechsel vom Universitätsspital Zürich an die 'Insel' hatte er sich zum Ziel gesetzt, nur noch 180 Tage pro Jahr zu arbeiten. Dies entsprach einem Arbeitspensum von 80% und erlaubte ihm, nach Abzug aller Notfallstunden, neben den vertraglichen Ferien jeden Monat eine zusätzliche Woche frei zu nehmen. Ob es Glück gewesen war, oder ob es dem Umstand zuzuschreiben gewesen war, dass Söder eine Koryphäe auf seinem Gebiet war, dass ihm das Inselspital ein solches Arbeitszeitmodell anbieten konnte, spielte für ihn keine Rolle. Die Rahmenbedingungen waren für alle Beteiligten von Anfang an klar gewesen und in der Folge auch nie angetastet worden. Und was er mit seiner vielen Freizeit machte, ging niemanden im Spital etwas an. Wenn man ihn gar arg bedrängte und danach fragte, führte er in aller Regel seine Work-Life-Balance an. Dies machte sich gut, ganz besonders für einen Mediziner. Waren die Götter in Weiss doch bekannt für ihre extremen, fast übermenschlichen und meist unfreiwillig hohen Arbeitszeiten. Und wenn ein Spitzenarzt seine Gesundheit und Leistungsfähigkeit auf sein inneres Gleichgewicht zurückführte, wirkte dies äusserst glaubhaft. Gleich wie wenn ein Gesundheitsmediziner das Rauchen anprangert und zu mehrmaligem wöchentlichen Sport aufruft.

Armin Söder war ein klassischer Einzelgänger. Er lebte wieder einmal als Single. Vielleicht war dies der Tatsache geschuldet, dass er ohne Vater aufgewachsen war. Dieser hatte Söders Mutter noch vor der

Geburt des Kindes verlassen. Mit ihren 19 Jahren schienen seine Eltern noch nicht reif für ein Kind gewesen zu sein. Der Name Söder stammte ursprünglich aus Schweden und bedeutete 'Sonnenaufgang'. Sein Vater war aber bereits Schweizer in dritter Generation. Söder war stolz auf seinen Namen, da es ihn in der Schweiz kaum gab und er zudem einen Hauch von Internationalität verbreitete. Und dies war in chirurgischen Kreisen von einem gewissen Vorteil. Söder nannte es für sich 'Produktdifferenzierung', quasi in Anlehnung an die Marketinglehre. Söder war gewissermassen kein 'no name', sondern ein Markenprodukt.

Wortlos schloss Söder die letzte Patientenmappe für heute und legte sie in den verschliessbaren Aktenschrank im Büro der Intensivstation. Die nächsten sieben Tage gehörten nun wieder ihm und niemand würde ihn stören. Er würde wie immer auch nicht 24 Stunden am Tag erreichbar sein. Nur zweimal pro Tag stellte er jeweils sein Mobile an und überprüfte es auf eingegangene Nachrichten.

„Du hast ja alles bestens im Griff", sagte Söder zur Assistenzärztin. „Ciao und bis nächsten Sonntag. Ich mache mich dann mal auf die Socken!"

„Machs gut und viel Spass!", erwiderte Caroline Wyss nicht wirklich interessiert. Zu tief war sie mit dem Verfassen der Operationsberichte des heutigen Tages beschäftigt.

Gstaad, Schweiz
11./12. April

Die beiden Koffer hatte Söder schon gestern gepackt und im Flur bereitgestellt. Er besass eine kleine, schmucke Attikawohnung in Köniz, einem Vorort von Bern. Sein Domizil lag idyllisch am Fusse des Gurtens, dem Hausberg der Bundesstadt und einem beliebten Ausflugsziel, wo auch alljährlich ein Rockfestival mit bekannten Bands stattfand. Er hatte nicht vor, lange zu bleiben. Nach einer erfrischenden Dusche, nach der er sich jeweils am Ende eines langen Arbeitstages sehnte, machte er sich ohne Nachtessen auf den Weg. Er wollte Gstaad noch vor 22 Uhr erreichen.

In der Tiefgarage bestieg er seinen silbergrauen VW Phaeton, nachdem er die beiden Gepäckstücke im geräumigen Kofferraum verstaute hatte. Er drehte den CD-Player an und startete ein Klavierkonzert von Sergej Rahmaninov. Die Akustik des Wagens konnte es dabei mit einem Konzertsaal mühelos aufnehmen. Aussengeräusche waren im Wageninnern ebenso nicht zu hören wie auch nicht der geringste Klang des Motors. Scheinbar schwebend verliess der Wagen die Tiefgarage über eine kurze, steil ansteigende Rampe und machte sich auf in die Nacht.

Söder hatte sich vor zwei Jahren für eine silbergraue Ausführung des Wagens entschieden, da dieser so von seiner Mächtigkeit verlor und im Strassenverkehr weniger Aufsehen erregte, ja eigentlich kaum als

Nobelkarosse wahrgenommen wurde. Ein schwarzer VW Phaeton wäre da schon eher aufgefallen, da dieser oft als Staatslimousine eingesetzt wurde und daher auch in einer gepanzerten Version erhältlich war.

Söders Auto hatte in der 6-Liter-Version mit den Zusatzausstattungen über 200'000 Schweizer Franken gekostet. Aber dafür hatte man auch alle erdenklichen Annehmlichkeiten und genoss die höchsten Sicherheitsstandards. Bei einem Unfall hatte man wohl gute Chancen, heil davon zu kommen.

Die Fahrt führte ihn südwärts, westlich am Flughafen Belpmoos vorbei. In der Nähe von Vehweid bei Belp überquerte er dann die Aare und fuhr ab Rubigen auf der Autobahn in Richtung Thun weiter. Ohne Hetze musste er für die 88 Kilometer nach Gstaad mit knapp 90 Fahrminuten rechnen. An der Ausfahrt Lattigen verliess er dann die Autobahn und fuhr rechts das Simmental hinauf bis nach Zweisimmen und von dort weiter über Saanen nach Gstaad.

Physisch und mental ausgeruht war Söder ohne Zwischenfälle im Berner Oberland angekommen. Was doch so drei Stunden Distanz zur Arbeit bewirken konnten! Er fühlte sich wohl im mondänen, aber doch irgendwie ursprünglich gebliebenen Tourismusort. Seit Januar hatte er im Palace Hotel eine Suite mieten können. Da er bereits seit einem halben Jahr etwas Passendes gesucht hatte, musste er nicht lange zögern. Hoch erfreut hatte er einen Zweijahresvertrag mit Option auf eine jeweils einjährige Verlängerung abgeschlossen. Für seine Bedürfnisse war es genau das Richtige. Er konnte alle Annehmlichkeiten eines Luxushotels nutzen und bei Bedarf auch von dessen Diskretion profitieren. Am Eingang gab er seinen Wagen ab und wurde freundlich willkommen geheissen. Kaum in seiner Suite angekommen, trafen auch bereits seine beiden Koffer ein. Nur wenig später legte sich Söder zur Ruhe. Er hatte am nächsten Tag viel zu tun.

* * *

Am nächsten Morgen war Söder bereits um vier in der Früh aufgestanden. Ein langer Arbeitstag lag vor ihm und er musste dank dem 24-Stunden-Zimmerservice des Hotels das Frühstück nicht selber zubereiten. Durch ein kleines Balkonfenster konnte er an den gegenüberliegenden Hängen die Lichter der zahlreichen Pistenfahrzeuge sehen, die wie Fusseln in einem Pullover in den steilen Berghängen des Nobelferienortes klebten und mit ihren bulligen Scheinwerfern gleissende Lichtkegel auf die dunklen Skipisten warfen. Es waren die letzten Tage der Wintersaison, Ende dieser Woche war Schluss, und Söder war froh darüber. Der Rummel machte ihn oft nervös, auch wenn er sich jeweils in die Abgeschiedenheit und Anonymität des Palacehotels zurückziehen konnte. In Gstaad konnte man im Gebiet 'Glacier 3000' bis 3000 Meter hoch Skifahren und sich dabei in einer unglaublichen Bergkulisse mit 24 4000ern tummeln. Im Sommer war es jeweils sehr viel ruhiger, ausser es fand gerade das internationale Tennisturnier oder der

Glacier Run statt. Aber diese Zeit war kurz und planbar.

Pünktlich war auch sein Wagen beim überdachten Eingang bereitgestanden und um halb fünf Uhr rollte Söder bereits der Turbachstrasse entlang. Wenige Meter nach der Dorfausfahrt bog er dann links ab in einen dichten Wald. Auf der kleinen Bergstrasse war der Allradantrieb Sommer wie Winter nützlich, wog doch sein Gefährt unbeladen fast zweieinhalb Tonnen und benötigte die ganze Wegbreite. Wenige hundert Meter weiter oben wurde das Fahrzeug förmlich vom Berg verschluckt, nachdem Söder bereits Sekunden zuvor den automatischen Toröffner betätigt hatte. Der Raum im Innern des Berges wurde nur von den gleissenden Scheinwerfern des Phaetons erleuchtet. Leise und gespenstisch schloss sich das Tor hinter dem Wagen.

Tunis, Tunesien
12. April

„Ich habe Herrn Rantala nur zweimal gesehen", gab der philippinische Zimmerjunge auf der ‚MSC Lirica' zu Protokoll. „Das erste Mal nach der Einschiffung in Genua, als ich ihm die Kabine erklärte und anschliessend das Gepäck gebracht habe. Und das zweite Mal kurz vor dem Landgang in Civitavecchia. Wir schauen mehrmals täglich in den Zimmern nach, ob etwas fehlt oder ob wir dem Gast in irgendeiner Form behilflich sein können."

„Und es ist Ihnen wirklich gar nichts aufgefallen?", fragte der Kriminalbeamte nach.

„Nein, ich müsste lügen. Herr Rantala reiste alleine, hat sich gegenüber mir freundlich verhalten und seine Kabine war stets sorgsam aufgeräumt. Er hat auch keine Dienstleistungen von uns in Anspruch genommen oder gar nach uns verlangt. Wirklich ein absolut unauffälliger Passagier. Gut, wir waren ja auch erst einen Tag unterwegs. Da kann man vielleicht noch nicht so viel sagen." Der Zimmerjunge hob die Schultern und schien auch ratlos zu sein.

Der Beamte bedankte sich nochmals und vervollständigte sein Protokoll. Alle Ermittlungen von ihm und seinen Kollegen an Bord des Kreuzfahrtschiffes waren negativ verlaufen. In allen Lokalen und Shops, bei denen Rantala eingekehrt oder etwas gekauft hatte, war er nicht nennenswert aufgefallen und man konnte sich auch nicht an ihn erinnern. Kein Kunststück, bei 1'600 Passagieren an Bord, welche erst seit 24 Stunden auf dem Ozeanriesen waren.

Im Hafen von Tunis verliessen die italienischen Ermittler das Schiff wieder. Sie wollten noch an diesem Nachmittag zurück nach Rom fliegen, von wo sie gestern per Militärhubschrauber nach Messina geflogen worden waren. In Rom erwarteten sie auch die Resultate der Gerichtsmediziner. Davon erhofften sie sich Licht ins Dunkel des mysteriösen Mordfalles.

Kapitän Luca Cerrone schien nicht unglücklich über den Abgang der Polizisten, hatte sich doch der Tod eines Passagiers trotz aller Vorsichtsmassnahmen nicht geheim halten lassen. Irgendein Leck gab es immer, das wusste Cerrone und er machte sich diesbezüglich nichts mehr vor. Und unsichtbar konnten sich die ermittelnden Beamten ja auch nicht machen. Wahrscheinlich hatte jedoch jemand vom befragten Personal nicht dichtgehalten und so sah sich Cerrone veranlasst, in der Bordzeitung von heute Abend einen beschwichtigenden Artikel zu verfassen. Er war überzeugt, dass dies das Beste war und danach bald wieder Ruhe an Bord der ‚MSC Lirica' einkehren sollte.

Rom, Italien
12. April

Die Pathologen am Gerichtsmedizinischen Institut in Rom hatten die Leiche von Aari Rantala gründlich obduziert und hierfür zusätzlich einen renommierten italienischen Herzchirurgen aus Neapel beigezogen. Als zwei Beamte der Kriminalpolizei am Abend eintrafen, lag der Obduktionsbericht bereits vollständig vor.

„Wir haben so etwas noch nie gesehen, obwohl wir gleich vorausschicken müssen, dass die Leiche im Innern vom Salzwasser, welches ungehindert in den geöffneten Brustkorb hatte eindringen können, bereits sehr stark aufgequollen war. Natürlich erschwerten auch die durch die Verunreinigungen des Meerwassers eingedrungenen Rückstände von Stoffen, wie Öl und Abwasser, unsere Ermittlungen. Hier können wir aber relativ einfach festhalten, was wir normalerweise bei einer Obduktion nicht vorfinden", sagte der leitende Mediziner. Und er fuhr fort, da die Kriminalpolizisten keine Fragen einwarfen. „Das Herz muss wirklich absolut fachmännisch und mit einer chirurgischen Präzision allererster Güte entnommen worden sein. Es deutet nichts auf einen bestialischen Akt oder das Werk eines Irren zurück. Ausser ein solcher wäre natürlich medizinisch so bewandert und irrational getrieben in seiner Tat gewesen. Auch die Öffnung des Thorax war professionell erfolgt. Kein Schnitt zuviel, keine falsche Stelle, keine Verletzung eines anderen inneren Organs, schlicht und einfach nichts!", fuhr er fort.

„Was schliessen Sie daraus?", fragte einer der Polizisten.

„Nun gut, es liegt auf der Hand, dass eine kriminelle Organentnahme am wahrscheinlichsten ist. Spenderorgane gibt es weltweit immer zu wenig, die Wartelisten sind lang, gerade auch was Herztransplantationen anbelangt. Aber das ist natürlich nur eine Vermutung von Laien, wir sind ja keine Kriminalbeamten. Wir können uns aber auch kaum vorstellen, wo eine solche Organentnahme durchgeführt worden ist, wenn nicht in einem der umliegenden grösseren Spitäler. Und auch unter absolut sterilen Bedingungen eines Operationssaales können nur ausgewiesene Spezialisten ein Herz erfolgreich entnehmen, sodass eine spätere erfolgreiche Transplantation überhaupt möglich ist", sagte der Mediziner.

„Wir werden selbstverständlich alle Spitäler und Krankenhäuser überprüfen lassen", erwiderte der Polizist.

„Haben Sie auch etwas über die Todesursache herausgefunden", fragte sein Kollege.

„Ja, diese dürfte ziemlich eindeutig sein, wenn man bei der Entfernung des Herzens überhaupt noch von einer Todesursache sprechen kann." Der Arzt konnte sich ein Grinsen kaum verkneifen. „Wir haben an Mund und Nase, in der Luftröhre und in den Lungenflügeln erhebliche Spuren von Chloroform gefunden. Trotzdem ein wenig erstaunlich, da Chloroform eine toxische Wirkung auf das Herz nachgesagt wird. Aber es ist immer noch eines der sofort wirkenden Narkotika und relativ leicht erhältlich. Und da wirkliche Profis am Werk gewesen sein müssen, dürfte die Beschaffung für diese ohnehin kein Problem dargestellt haben. Und nach der Entnahme des Herzens muss ich wohl nicht mehr viel sagen", schloss der Arzt.

„Uns ist jedoch bis zum heutigen Zeitpunkt kein ähnlicher Fall bekannt", sagte der erste Polizist. „Aber wir müssen das Ganze mal bei Interpol abklären lassen. Dort weiss man sicher mehr über den organisierten Organhandel und kennt die Sachlage."

„Möchten Sie die Leiche noch sehen oder genügen Ihnen die Fotos im Obduktionsbericht?", wollte der Gerichtsmediziner wissen.

„Nein, nein, lassen wir das für den Moment. Wir melden uns bei Bedarf wieder. Danke für Ihre rasche und aussagekräftige Arbeit, Herr Doktor."

Noch vor Mitternacht wurden die Unterlagen aus Rom auf der Zentrale von Interpol in Lyon eingereicht, wo die Ermittlungen bereits angelaufen waren.

Madrid, Spanien
12. April

Im hell erleuchteten Saal des Gerichtsmedizinischen Instituts von Madrid war es kalt. Die hier arbeitenden Ärzte waren sich das aber gewohnt und verrichteten im fensterlosen Raum gewissenhaft ihre Arbeit, um die sie kein Mensch auf der Welt benied. Die Leiche von Ruud van der Laar lag mit nacktem Oberkörper auf dem Obduktionstisch aus blitzblank gebürstetem Chromstahl. Der Tisch fiel nach vorne leicht ab und hatte auf allen Seiten kleine Erhöhungen, damit austretende Körperflüssigkeiten nach unten abfliessen konnten. Die Ärzte hatten den Leichnam vom Hals bis hinunter zum Bauchnabel geöffnet und ihre umfangreichen Untersuchungen bereits abgeschlossen. Ihre Erkenntnisse hatten sie in den letzten vier Stunden auf ein Diktaphon gesprochen. Die Aufnahmen bildeten die Basis für den mehr als zwanzig Seiten starken Obduktionsbericht. Hinzu kamen noch an die siebzig Fotos im Anhang. Bis der Tote für die Beerdigung freigegeben wurde, konnte es noch Tage dauern. Bis dahin wurde er in einem der Kühlfächer gelagert und man konnte bei neuen Erkenntnissen weitere Analysen durchführen.

Ruud van der Laar war durch den Schuss aus einem Präzisionsgewehr, vermutlich versehen mit einem Zielfernrohr, getötet worden. Beim Aufprall aus dem zweiten Stock des Hotels hatte er sich mehrere Frakturen an Schädel, Rippen und Oberschenkel zugezogen. Er war jedoch mit Sicherheit bereits vorher tot gewesen. Im Weiteren fanden sich zahlreiche Blutergüsse an den Armen sowie in den Achselhöhlen, welche durch den ruppigen Transport entstanden sein mussten.

Das Herz des Toten war mit chirurgischer Präzision und unglaublicher Perfektion entnommen worden und stellte die Ärzte vor ein Rätsel sondergleichen. Es wäre wirklich eine absolute medizinische Meisterleistung gewesen, im Güterschuppen, wo van der Laar gefunden worden war, eine derartige Organentnahme durchzuführen. Aber sie gingen eher davon aus, dass der Leichnam irgendwo in Madrid in einem Operationssaal Zwischenstation gemacht hatte. So wäre eine gewisse Plausibilität gegeben.

Die Ärzte hatten sich auch gewundert, wieso nur das Herz entnommen worden war. Eine kriminelle Organisation im Bereich des Organhandels wäre doch sicher noch an anderen Organen interessiert gewesen. Aber auf diese Frage schien es für den Moment keine Antwort zu geben.

Aufgrund des Obduktionsberichtes und der Art des Verbrechens erstattete die Kriminalpolizei von Madrid unverzüglich eine Meldung an Interpol Spanien. Da es sich beim Toten um einen Ausländer handelte, war das Verfahren ohnehin so geregelt und die Fallführung würde in die Hände der international tätigen, ebenfalls in Madrid domizilierten Kollegen wechseln. Es war sogar davon auszugehen, dass die Sondereinheiten in der Zentrale von Interpol in Lyon damit beauftragt wurden. Dort beschäftigte man sich bereits mit einem ähnlichen Mordfall aus Italien.

Lyon, Frankreich
12. April

In der Zentrale von Interpol in Lyon waren die beiden ungewöhnlichen Meldungen der Mordfälle in Civitavecchia und Madrid eingegangen. Wie immer kümmerten sich in solchen Fällen sofort Spezialisten um die Erfassung in den verschiedenen Datenbanken. Manchmal ging es um Sekunden oder Minuten, ob weitere Straftaten verhindert werden konnten. Manchmal konnte es aber auch Monate oder gar Jahre dauern, bis die internationale Zusammenarbeit Früchte trug und ein Fall gelöst werden konnte. Kaum waren die Daten der Madrider Kriminalpolizei im System, lagen auch bereits die ersten Querverweise vor. Neben dem Mord in Civitavecchia fand sich ein Hinweis auf einen ähnlichen Fall in Helsinki. Dort war vor fünf Wochen die Leiche einer Frau ohne Herz in einem Park aufgefunden worden. Spuren hatten dort keine gesichert werden können, da die Tote in der Winterkälte festgefroren war und die Täter auch sonst fachmännisch perfekt gearbeitet haben mussten. So hatte man bei allen Untersuchungen nur DNA-Spuren der Toten selbst nachweisen können. Und da es in Helsinki mehrmals geschneit hatte, seit die Tote im Park deponiert worden war, konnte keine auch noch so winzige Spur ausfindig gemacht werden.

Die Unterlagen der mysteriösen Mordfälle waren dann auf dem Pult von Kommissar Gabriel Marchand gelandet, welcher umgehend seine beiden Kollegen Armand Perrod und Pierre-Alain Mayer zu einer Besprechung in sein Büro geladen hatte. Nach einer kurzen Schilderung bat er sie um eine erste Einschätzung.

„Helsinki, Civitavecchia und Madrid: dies deutet meiner Ansicht nach nicht gerade auf das Werk eines Einzelnen hin. Sonst hätte man sich ja denken können, mit den Taten eines Geistesgestörten zu tun zu haben. Wenn ich dann noch die jeweilige Entnahme der Herzen berücksichtige, vermute ich eher kriminelle Machenschaften wie zum Beispiel einen weltweit organisierten Organhandel, respektive Organraub, um es korrekt auszudrücken", sagte Perrod.

„Dieser Meinung bin ich auch", nickte Mayer. „Was mich aber eher stutzig macht, sind die grossen Distanzen zwischen den verschiedenen Tatorten. Das macht für mich irgendwie keinen Sinn. Oder aber die Schauplätze sind bewusst so gewählt, um möglichst lange nicht aufzufallen."

„Was ja bereits nach wenigen Wochen nicht mehr der Fall wäre", wand Marchand ein.

„Richtig. Was ich aber auch nicht spontan beurteilen kann, ist die Sache mit den Herzen. Gemäss meinem Kenntnisstand sind im organisierten Organhandel kaum Fälle von entnommenen Herzen bekannt. In der Mehrzahl aller Fälle handelt es sich dabei um Nieren, welche im grossen Stil mit und ohne Spender gehandelt und angeboten werden, teilweise sogar über das Internet. Für eine Niere wurden dabei schon bis zu 250'000 Euro verlangt. Und bei Herzen müsste es ja um ein Vielfaches dieser Summe gehen", schloss Mayer seine Ausführungen.

„Ich habe auch schon von einem Fall in Los Angeles gehört, wo Leichenteile zu Versuchszwecken an die Pharmaindustrie verkauft worden waren, anstelle sie der Universität für medizinische Studien zur Verfügung zu stellen. Die Universität hatte davon während fast fünf Jahren nichts gewusst und die verurteilten Hauptangeklagten hatten dabei über 1.5 Millionen Dollar kassiert", sagte Marchand. „Die europäischen Tatorte verwirren auch mich. Ich hätte eher China, Indien oder Osteuropa erwartet. Aber wenn es Zusammenhänge geben sollte, sind diese Orte der Morde wohl bewusst so gewählt worden."

„Was sollen wir tun?", fragte Perrod in die Runde.

„Ich denke, dass wir hier auf der Zentrale über zu wenig Wissen verfügen und unsere wenigen Erkenntnisse an Spezialisten weitergeben sollten. Es wird sich wahrscheinlich lohnen, eine geballte Ladung Manpower zu investieren", entgegnete Marchand.

„Dieser Ansicht bin ich auch. Lasst uns nach der geeigneten Stelle suchen. Ich bin sicher, dass es bereits Kollegen gibt, die sich damit befassen und über grösseres Wissen verfügen. Ich kümmere mich sofort darum", schloss Mayer.

Bald darauf hatte Kommissar Mayer eine Sonderkommission von Interpol in Wien ausfindig gemacht, welche sich mit dem organisierten Organhandel befasste. Deren Leiter war niemand anders als der Vorsitzende von Interpol Wien höchstpersönlich, Oberhauptkommissar Josef Reidter. Neben Fällen von Organhandel hatte er unzählige Fälle aufgedeckt, bei denen international tätige kriminelle Organisationen die Hände im Spiel hatten. Mit seinem Team von Spezialisten würde er die weiteren Abklärungen in den mysteriösen Herzdiebstählen übernehmen.

Kurz nachdem Reidter in Wien von Mayer telefonisch kontaktiert worden war, verfügte er über den nötigen Systemzugriff auf die brisanten Unterlagen im verschlüsselten Kommunikationssystem I/24-7 von Interpol. Der Fall in Helsinki war ihm natürlich bestens bekannt gewesen und die zeitlich zusammen liegenden Ereignisse in Civitavecchia und Madrid liessen ihn sofort hellhörig werden. Irgendwie schien ihm das Muster nicht unbekannt.

Wien, Österreich
13./14. April

Im Büro von Josef Reidter hatte das Licht fast die ganze Nacht gebrannt. Der Leiter von Interpol Wien hatte versucht, die neu eingegangenen Fälle aus Civitavecchia und Madrid mit seinem Wissen und den Erkenntnissen aus dem Fall in Helsinki abzugleichen. Gegen vier Uhr in der Früh hatte ihn dann aber eine gewisse Ohnmacht befallen und er war kurz nachhause gefahren, um wenigstens zwei Stunden zu schlafen. Er brauchte für den heutigen Tag wieder einen klaren Kopf, obwohl ihm seine Erfahrung und seine Intuition signalisierten, dass es nicht so rasch weiter gehen würde. Er hatte eine gewisse Machtlosigkeit verspürt. So unschön es klingen mochte, aber man musste wohl förmlich darauf warten, bis es wieder passierte. Und das bedeute einen weiteren Toten, einen weiteren Mord.

Vor drei Jahren war Oberhauptkommissar Josef Reidter zum Leiter von Interpol Wien berufen worden. Er hatte sich diese Stellung mehr als verdient gehabt, nachdem er damals einen internationalen Drogenring ausgehoben hatte. Wie in allen 188 Mitgliedstaaten gab es auch in Wien keine eigentlichen Interpol-Kommissare. Alle Polizisten waren der jeweiligen Kriminalpolizei zugeordnet, da im Ernstfall die landesspezifische Gesetzgebung zu beachten war. Und so war Reidter in erster Linie Direktor des Bundeskriminalamtes, welches als Zentralstelle die internationale Zusammenarbeit sicherstellen musste. Die offizielle Bezeichnung für die Interpol-Funktion lautete ‚Direktor des Interpol Landeszentralbüros Österreich', aber Reidter machte sich nichts aus Titeln. Im vergangenen Jahr hatte er zwar den ‚Interpol Police Award' erhalten, dies für die Aufdeckung mehrerer internationaler Rauschgiftringe. Die Urkunde mit der goldenen Medaille war so ziemlich das einzige, was sein kärglich eingerichtetes Büro zierte. Sie erfüllte ihn mit nach aussen nie gezeigtem Stolz. Die Auszeichnung war aber für seine Bescheidenheit schon fast zu viel des Guten.

Reidter war 48 Jahre alt und verfügte immer noch über einen beneidenswert durchtrainierten Körper. Fünfmal die Woche begann er den Tag frühmorgens mit einem Dauerlauf, im Sommer wie im Winter. Montags und mittwochs besuchte er über Mittag den Kraftraum der Wiener Polizeiakademie. Und am Donnerstagabend spielte er mit seiner Frau eine Partie Tennis. Am Dienstag war sein sportfreier Tag, wenn man das abendliche Pistolentraining im Schiesskeller nicht zählte. Viele fanden sein Pensum übertrieben viel, aber er glaubte an einen gesunden Geist in einem gesunden Körper. Und wenn er wirklich einmal gar keine Lust hatte, konnte er es mit der körperlichen Ertüchtigung durchaus auch einmal bleiben lassen.

Privat war Reidter glücklich verheiratet und Vater zweier begabter Töchter. Silvana studierte seit einem Jahr Jura in Wien. Sie hatte zuerst noch mit Medizin geliebäugelt, dann aber doch dem Recht den Vorzug gegeben. Reidter und seine Frau waren darob nicht unglücklich gewesen, passte doch aus ihrer Sicht das Jura-Studium besser zu ihrer älteren Tochter. Ilka, die jüngere der beiden, stand ein Jahr vor dem Abitur am Franz-Schubert-Gymnasium. Sie wollte in dieser Lebensphase unbedingt Wirtschaft studieren, etwas beeinflusst von der aktuellen Weltwirtschaftskrise und vom Gedanken beseelt, hier doch etwas Abhilfe schaffen zu können. Aber dies hatte zum Glück noch etwas Zeit.

Die Sonderkommission zum internationalen Organhandel, die SOKO 6464, leitete Reidter als europäischer Vertreter seit seinem Stellenantritt. Er hatte das Amt gewissermassen von einem deutschen Kollegen geerbt, welcher damals in Pension gegangen war. Als eine der ersten Aktionen hatte Reidter seinen ehemaligen Assistenten und heutigen Hauptkommissar Karl-Heinz Gruber an seine Seite berufen. Er hatte dabei nur wenig Druck auf den österreichischen Justizminister anwenden müssen. ‚Never change a winning team', war Reidters Argument gewesen, und dies hatte auch der Politiker so gesehen. Gruber war für Reidter enorm wichtig. Sie verstanden sich blind und Gruber konnte vor allem als Verbindungsmann in verdeckten Ermittlungen eingesetzt werden. In diesem Bereich hatte Reidter über ähnliches Talent verfügt, aber heute wäre er als öffentlich bekannte Person nicht mehr dafür in Frage gekommen.

Bedingt durch seine internationale Erfahrung und das Wissen um die zahlreichen organisierten kriminellen Netzwerke hatte sich Reidter rasch einmal ein umfangreiches Wissen über den internationalen Organhandel angeeignet. Im Gegensatz zum weltweiten Drogenhandel waren Erfolge auf diesem Gebiet jedoch kaum schnell zu erzielen. Manchmal zogen sich die Ermittlungen monatelang dahin, ohne auch nur das geringste Erfolgserlebnis. Und so bedeuteten die drei nun bekannten Fälle von Herzraub wohl nur die Spitze des Eisberges, dessen war sich Reidter recht sicher.

Ob Organraub als Folge eines Mordes oder Organhandel als illegaler Handel von Organen lebender Spender, war gewissermassen nur eine Definitionssache. Grund für die Entstehung dieser mafiaähnlichen Netzwerke war einzig und allein der erhebliche Mangel an Organspendern. Die weltweiten Transplantationslisten waren endlos lang und fast ein Drittel aller Patienten starben, bevor sie ein Organ erhalten konnten. Weltweit zählte man auf eine Million Einwohner nicht einmal 20 Organspender. Diesen Wert hatten sich bereits zahlreiche Transplantationsorganisationen mittels teurer Werbeaktionen und dem Verteilen von Organspenderausweisen zum Ziel gesetzt.

Die in Europa aufgetauchten Fälle machten Reidter besonders stutzig, weil sie äusserst selten waren. Indien, Brasilien und China schienen hier führend, wenn dieses Wort in diesem Zusammenhang überhaupt angebracht war. Auch spielte die jeweilige Gesetzgebung eine wichtige Rolle. So konnte beispielsweise der Organhandel in einem Land durchaus verboten sein, nicht jedoch die Entnahme von Organen bei Todesfällen in Gefängnissen. Solche Organe waren nicht nur für Transplantationen verwendet, sondern auch an die Pharmaindustrie zu Versuchszwecken verkauft worden. Und in einem anderen ihm bekannten Fall in Los Angeles waren Leichen illegal an Pharmaunternehmen gegangen, anstelle der vorgesehenen universitären Ausbildungszwecke. Rund 1.5 Millionen Dollar sollten damals innerhalb von vier Jahren die Hand gewechselt haben.

Neu war für Reidter auch die Tatsache, dass es sich bei den geraubten Organen um Herzen handelte. Die weitaus grössten Zahlen fanden sich bei Nieren, Lebern, Lungen und Hornhaut. Herztransplantationen machen einen sehr kleinen Anteil aller Operationen aus. Es handelte sich auch um äusserst komplexe medizinische Eingriffe. Reidter vermutete auch eine neue finanzielle Dimension im Organhandel. Ihm waren Fälle bekannt, wo Empfänger für eine Niere bis zu 500'000 Dollar bezahlt hatten. Die freiwilligen Spender gingen dabei meist mit 500 Dollar aus. Was musste man wohl für ein zweites Herz bezahlen, wenn man nicht gerade zuoberst auf der entsprechenden Transplantationsliste stand?

* * *

An diesem Mittwochmorgen war Eva Burghofer sehr erstaunt, ihren Vorgesetzten bereits im Büro anzutreffen. Normalerweise kam Reidter gegen neun Uhr und sie war es gewohnt, die ruhige Zeit ohne

Chef für die Tagesplanung zu nutzen. Nun, sie würde wohl bald erfahren, was der Grund der frühmorgendlichen Präsenz von Reidter war.

Eva war 46 Jahre alt und arbeitete nun seit fünfzehn Jahren bei Interpol in Wien. Sie war mit dem Organisationsberater Paul verheiratet und kinderlos. Da ihr Mann viel um die Welt jettete, liebte Eva ihre oft turbulente Arbeit. Und so machte es ihr auch nichts aus, bei Bedarf flexibel zu sein und Sondereinsätze zu leisten. ‚An Dir ist eigentlich ein Kommissar verloren gegangen', pflegte Reidter oft zu scherzen. So unrecht hatte er damit nicht, war Eva doch polyvalent einsetzbar und verfügte über einen hervorragenden Intellekt für das Wesentliche in allen Situationen, verbunden mit einer beneidenswerten Intuition.

Sie brachte Reidter einen Kaffee ins Büro und nahm drei leere Tassen von seinem Pult zurück in die kleine Küche. Reidter hatte sie nur kurz gegrüsst und sich dann wieder in seine Aktenberge vertieft. Ein neuer Fall stand an, Eva roch es förmlich in der Luft. Man hätte eine Nadel in Reidters Büro auf das Parkett fallen hören.

Kurz nach Eva war auch Karl-Heinz Gruber eingetroffen. Reidter hatte ihm eine dringende SMS geschickt. Sonst wäre der junge Mann auch noch nicht da gewesen. Gruber zog es vor, jeweils bis lang in die Nacht zu arbeiten, wenn er nicht gerade im Rahmen von Ermittlungen ausser Hause im Einsatz war.

Gruber hatte im Schlepptau von Reidter eine Blitzkarriere hingelegt. Er war vor drei Jahren im Alter von 28 Jahren zum jüngsten Kriminalhauptkommissaren aller Zeiten gewählt worden. Reidter war gewissermassen der geniale Denker, Gruber der Ausführer der geplanten Aktionen. Observationen und Einsätze als V-Mann waren dabei seine absolute Spezialität. Hier machte ihm so rasch keiner etwas vor und seine Kreativität suchte ihresgleichen.

Gruber warf seinen Veston an einen Kleiderhaken und eilte in Reidters Büro.

„Guten Morgen, Karl-Heinz, danke, dass Du früher gekommen bist." Reidter blickte seinen Kollegen väterlich an. „Sag doch bitte Eva, dass ich in 10 Minuten gerne eine Teambesprechung machen möchte."

„Guten Morgen, Josef. Geht in Ordnung, na dann bin ich aber mal gespannt wie eine Mäusefalle!" Gruber wusste, dass jede weitere Nachfrage im Moment zwecklos war und liess diese daher bleiben. Aber so wie sich Reidter benahm, sah es nach ziemlich viel Arbeit aus.

* * *

Eva und Karl-Heinz warteten bereits im Rapportraum am Besprechungstisch, als Reidter unter dem Türrahmen erschien und eilends am Kopfende des Tisches Platz nahm.

„Ja, meine Lieben", eröffnete Reidter die Teamsitzung. „Ich habe keine guten Neuigkeiten. Wie es scheint, haben in den vergangenen Tagen ziemlich skrupellose Mörder ihr Unwesen getrieben. Und dies gewissermassen in unserem Hoheitsgebiet, wenn ich dies einmal so ausdrücken darf."

Reidter blickte kurz von seinen Akten hoch.

„Du meinst den Organhandel?", fragte Gruber.

„Ja, natürlich. Ich habe diese Nacht von zwei brutalen Morden in der Nähe Roms und in Madrid erfahren. Sie sind über den uns bestens bekannten Fall in Helsinki vor fünf Wochen auf unsere Sonderkommission gestossen und haben mich daher kontaktiert."

„Wurden wieder Herzen entwendet?" Gruber hatte den Fall Helsinki sofort präsent.

„Ja, und zwar jeweils wiederum nach einem Mord. Die Täter scheinen gezielt und professionell vorzugehen. Jedenfalls schliesst man dies aus den ersten vorliegenden gerichtsmedizinischen Erkenntnissen. Ausser Organraub kommt kein Motiv in Frage. Zu ähnlich gelagert sind diese drei Fälle. Und ich gehe davon aus, dass die Dunkelziffer weit höher sein könnte."

„Die Tatorte erscheinen mir äusserst schleierhaft", sagte Gruber. „Findest Du nicht auch, dass die Distanzen sehr weit auseinander liegen?"

„Da magst Du wohl recht haben, aber mit den heutigen Transportmitteln lässt sich ein Organ innert weniger Stunden fast überall von A nach B innerhalb von Europa fahren oder fliegen. Die Tatorte haben für mich auch keine Bedeutung. Zwei Hauptstädte und ein Kreuzfahrtschiff. Auch nicht gerade eine klare Logik erkennbar. Und es ist ja überhaupt nicht evident, dass die Herztransplantationen, davon gehe ich übrigens felsenfest aus, im gleichen Spital gemacht werde. Erinnerst Du dich noch an den Fall von Nierenhandel mit Zentren in Mailand, Warschau und Mombai? Ich denke eher an solche Vorfälle", entgegnete ihm Reidter. „Und wenn wir es tatsächlich mit organisiertem Organraub zu tun haben, dürfte auch Geld keine Rolle spielen. Im Vergleich mit dem Handel mit Nieren bewegen sich die Summen für eine Herztransplantation um ein Vielfaches höher."

Gruber hob bedächtig seine Augenbrauen und schien bereits am Nachdenken zu sein. Für Eva war es trotz ihrer Erfahrung zu schnell gegangen. Und den Fall aus Helsinki kannte sie noch gar nicht.

„Ich möchte mehr über die medizinischen Voraussetzungen einer Herztransplantation in Erfahrung bringen. Mehr als wir bis heute ohnehin bereits wissen. Dies ist eine Aufgabe für Dich, Karl-Heinz. Du kannst Eva für Deine Recherchen einsetzen. Ich selber werde nochmals Kontakt mit unseren Kollegen in den drei Fälle aufnehmen. Es kann auch sein, dass ich irgendwo noch persönlich vor Ort nachfassen muss. Fotos alleine genügen nicht immer und können kaum alle Eindrücke vermitteln. Ich schlage vor, dass wir uns Morgen um neun Uhr wieder treffen und uns vertieft austauschen. Ausser es gäbe vorher wichtige Neuigkeiten. Ich habe auch so ein mulmiges Gefühl, machtlos auf einen weiteren Mord warten zu müssen."

Gruber pflichtete seinem Vorgesetzten bei.

„Also, dann nichts wie an die Arbeit! Und Eva: Bitte erstelle doch noch zwei Kopien der Akten für Karl-Heinz und Dich. Ich habe alle Dokumente in unserem Laufwerk X unter ‚SOKO HERZ' abgelegt. Und meldet euch, wenn ihr das Passwort für die Datenbank auf dem Rechner der Zentrale in Lyon braucht. Sie haben eine Mehrfachsicherung vorgenommen."

Reidter erhob sich, zauderte und ging wieder zurück in sein Büro.

Bern, Schweiz
7. Mai

Auch in Bern war es endlich so richtig Frühling geworden und dies schienen auch das Personal und die Patienten im Inselspital zu spüren. Die Sonne zeigte sich von ihrer prächtigsten Seite und die Berner Alpen schienen im dunkelblauen Hintergrund zum Greifen nah. Wie an jedem Freitagmorgen machte Armin Söder mit seinem Team die Visite bei seinen Patienten, welche im Verlaufe des Tages heimgehen durften.

„Sie glauben gar nicht, wie gut ich mich fühle, Herr Professor!" Der Patient Beat Lauener blickte freudestrahlend von seinem Spitalbett zu Söder hoch. „Ich fühle mich wie neugeboren, ich kann kräftig atmen und könnte Berge versetzen! Vielen, vielen Dank für Ihre Arbeit, Herr Professor. Ich fühle mich Ihnen zu ewigem Dank verpflichtet!" Lauener war 62 Jahre alt und hatte vor 18 Tagen eine äusserst komplexe Herzoperation durchlaufen. Die Ärzte hatten ihm nicht allzuviel Hoffnung auf eine wirkliche Besserung gemacht, aber immerhin hatte eine Chance von 20 Prozent bestanden, dass er wieder frei atmen konnte. Und offensichtlich hatte es der Herrgott gut mit ihm gemeint.

„Bitte gern geschehen, Herr Lauener," antwortete Söder. „Aber ich bin wahrlich kein Gott in Weiss und ich denke, wir haben auch eine rechte Portion Glück in Anspruch nehmen können. Eine derartig gute Wiederherstellung der Herzklappenfunktion gelingt nur in seltenen Fällen. Aber ich bin natürlich nun sehr zuversichtlich, dass es in den nächsten Jahren weiterhin bergauf geht."

Lauener drückte Söder zum Abschied ganz fest mit beiden Händen und überreichte ihm anschliessend noch ein Couvert für die Personalkasse. Söder nahm den Umschlag an sich und bedankte sich bei seinem Patienten. „Alles Gute, und wir sehen uns dann zur Kontrolle in 14 Tagen wieder! "

Söder hatte noch vier überfüllte Arbeitstage vor sich, bis es dann am nächsten Mittwoch wieder nach Gstaad gehen würde.

* * *

Armin Söder war in Uster aufgewachsen. Mit seiner Mutter hatte er die Jugend alleine verbracht. Seinen Vater kannte er nicht und fühlte auch nie das wirkliche Bedürfnis, ihn kennen zulernen. Zu tief schien er innerlich verletzt, dass der Erzeuger seine Mutter damals im Stich gelassen hatte. Gut, beide waren blutjung gewesen, aber dennoch. Nein, so etwas machte man einfach nicht.

Als Junge war Söder eher zurückhaltend und verschlossen gewesen. Er pflegte wenige Schulfreundschaften, diese dafür aber richtig. Auf ihn war stets Verlass und dies war es auch, was seine Mutter an ihm so schätzte. Wer weiss, sonst hätte ihr die Erziehung wohl erheblich grössere Mühe bereitet.

Dank seiner hervorragenden schulischen Leistungen hatte Söder nach der Mittelstufe das Gymnasium besuchen dürfen. Ohne grossen Aufwand schloss er dieses als Primus seines Jahrganges mit dem glänzenden Notendurchschnitt von 5.8 ab. Im letzten Schuljahr vor der Matura hatte er begonnen, sich zunehmend für Medizin zu interessieren. Dies hatte ihn dann auch bewogen, sich an der Universität in Zürich als Medizinstudent einzuschreiben. An seiner Entscheidung war sein Biologielehrer an der Kantonsschule wesentlich beteiligt gewesen, hatte ihm dieser doch die Angst von gewissen Teilfächern genommen. „Jedes Studium hat Fächer, die einem nicht so besonders liegen und deren Sinn man vielleicht im Moment nicht einsieht. Aber glaube mir, Armin, da muss jeder Student durch und irgendeinmal im Leben sieht man dann die Bedeutung ein, auch wenn man nur Bruchstücke des seinerzeit ungern Gelernten verwenden kann. Letztlich ist einfach das Verständnis für die Zusammenhänge wichtig. Und man lernt natürlich so auch etwas fürs Leben, wenn man sich mal in einem ungeliebten Gebiet durchbeissen muss."

Söder hatte während des Studiums oft an diese Worte seines Mittelschullehrers gedacht, um am Ende einmal mehr mit 'summa cum laude' abzuschliessen.

Obschon er bereits früh im Studium eine Affinität für die Herzchirurgie entwickelt hatte, befasste sich seine Dissertation nur am Rande damit, handelte sie doch primär von Dysfunktionen der Lunge als mögliche Ursachen von koronaren Erkrankungen.

Zu Beginn seiner Laufbahn war Armin Söder vor allem in Spitälern im Kanton Zürich tätig gewesen. Er arbeitete unter anderem als Assistenzarzt für Innere Medizin und Kardiologie in Männedorf, bevor er als Oberarzt Kardiologie ans Kantonsspital St. Gallen wechselte.

Nach zwei intensiven Jahren in St. Gallen hatte er die einmalige Chance bekommen, im Rahmen eines Ärzteaustausches für sechs Monate nach Südafrika zu gehen. An einer auf Herztransplantationen spezialisierten Klinik hatte er weitere wertvolle berufliche Erfahrungen sammeln können. Der Zufall hatte es gewollt, dass er in Kapstadt einen amerikanischen Herzchirurgen kennen lernte, welcher ihm zu einem weiteren Austauschjahr an ein Spital in Los Angeles verholfen hatte.

Mit seinem bestechenden Werdegang und dem internationalen Palmares war es dann ein Leichtes gewesen, wieder in die Schweiz zurückzukehren und an der Universitätsklinik in Zürich eine Anstellung als stellvertretender Leiter der Herzklinik zu finden. In dieser Funktion war er dann auch zum Professor ernannt worden.

Söder hatte sich in der Folge grosse Hoffnungen gemacht, die Leitung der Klinik einmal übernehmen zu können, stand der aktuelle Stelleninhaber doch kurz vor seiner Pensionierung. Aus ihm unerklärlichen und persönlich nicht nachvollziehbaren Gründen war ihm dann die Position nach einem internen und externen Auswahlverfahren aber verwehrt geblieben. Diese Tatsache hatte sogar einigen politischen Wirbel und mediale Diskussionen über das Gesundheitswesen in der Schweiz verursacht. Doch dies war zum Glück nur von kurzer Dauer gewesen. Nach am Tage seiner Nichtnomination hatte Söder beschlossen, einiges in seinem Leben radikal zu ändern. Er verfügte dafür über ein hervorragendes weltweites Beziehungsnetz, welches er stets gepflegt hatte. Mit dem Wechsel ans Inselspital in Bern und den damit verbundenen neuen zeitlichen Freiheiten hatte er dazu den ersten Schritt gemacht.

Wien, Österreich
10. Mai

Reidter und Gruber hatten in den vergangenen knapp vier Wochen fast ununterbrochen gearbeitet und Fakten zusammengetragen. Und auch Eva hatte sich mächtig ins Zeug gelegt und zahlreiche Überstunden geleistet.

Reidter weilte am 19. und 20. April in Madrid und hatte sich persönlich mit den dort zuständigen Kollegen unterhalten. Auch hatte er die Leiche von Ruud van der Laar noch sehen können, bevor sie zur Überführung nach Holland freigegeben worden war. Alle Untersuchungsergebnisse in Madrid deuteten darauf hin, dass hochqualifizierte medizinische Spezialisten die Organentnahme vorgenommen haben mussten. Dabei handelt es sich ja um nichts anderes als eine Operation, deren Abläufe genau festgelegt sind. Immerhin schienen die Akteure der Organmafia auf die Persönlichkeit des ermordeten Holländers Rücksicht genommen zu haben. Die Entnahme des Herzens war präzise und mit millimetergenauen Schnitten erfolgt. Jedenfalls attestierten die Rechtsmediziner in Madrid dem Explantationsteam eine hochprofessionelle Arbeit. Allerdings konnte man sich nicht vorstellen, dass die Entnahme des Herzens irgendwo in einem Lagerschuppen oder Container erfolgt sein sollte. Die Experten glaubten allein schon wegen der Perfektion immer noch an die Notwendigkeit eines

Operationssaales, zum Beispiel in einem Spital oder einer Klinik in Madrid.

Reidter hatte in Madrid auch viel über die notwendigen Voraussetzungen einer Herztransplantation erfahren. So musste beispielsweise die Blutgruppe des Empfängers mit jener des Spenders kompatibel sein und beide mussten auch in etwa die gleiche Körpergrösse aufweisen. Die Organisation hatte in diesem Punkt also umfangreiche Vorarbeiten leisten müssen, damit eine Transplantation überhaupt gelingen konte.
Nach der Explantation hatte man circa 8 Stunden Zeit, um die Transplantation vorzunehmen. Der Empfänger musste also rechtzeitig für die Operation bereit sein. Das Spenderherz wurde zu diesem Zweck in einer kalten Elektrolytlösung angeliefert. Reidter wusste damit, dass der Radius der möglichen Transplantationsorte fast ganz Europa umfassen konnte, wenn nicht sogar etwas darüber hinaus. Bei guter Planung war der Transport mittels Medizinkurier oder Flugzeug keine Hexerei. Reidter war daher auch nicht erstaunt gewesen, dass entsprechende Nachfragen betreffend Organtransporten bei allen europäischen Transplantationszentralen erfolglos verlaufen waren. Alle vom 10. bis 12. April durchgeführten Transporte waren dabei negativ bezüglich der Tatorte abgeklärt worden.

Gruber hatte mit Eva die Fakten zu den Herztransplantationen in Europa zusammengetragen. Generell war festzustellen, dass die Zahl der Empfänger auf den nationalen Wartelisten mehr als doppelt so hoch war, wie die Zahl der durchgeführten Herztransplantationen. Und dies bei doch immerhin rund 3'200 Herztransplantationen in Deutschland, oder rund 800 in der Schweiz pro Jahr.

Und genau diese Tatsache der fehlenden Spenderherzen rief natürlich kriminelle Organisationen auf den Plan. Mit organisiertem Organhandel liess sich viel Geld verdienen. Man musste nur die zahlungskräftigen Empfänger auf den Wartelisten ausfindig machen und sie dann bearbeiten. Dies war zudem noch einfacher, wenn der Wartende nicht mehr viel Zeit zum Leben ohne neues Herz hatte. Doch Gruber hatte sich mit dieser Vermutung getäuscht. Alle Abklärungen hatten kein zählbares Resultat in dieser Richtung geliefert. Alle Transplantationen schienen im grünen Bereich, sprich legal abgelaufen zu sein.

In den drei Fällen Helsinki, Civitavecchia und Madrid waren im Verlaufe des letzten Monates keine weiteren nennenswerten Erkenntnisse mehr zu Tage gekommen. Gruber hatte zwar noch vermutet, dass zwischen dem finnischen Touristen Aari Rantala und dem Mord in Helsinki ein Zusammenhang bestehen könnte. Alle Nachforschungen waren aber dabei auch nach erweiterten Recherchen negativ geblieben. Die beiden Opfer hatten sich nicht gekannt.

Irgendwie drehte die SOKO HERZ von Interpol Wien im Kreis. Alle Fakten, die sie irgendwie zusammentragen konnten, brachten sie keinen auch noch so kleinen Schritt weiter. Aber Reidter war nicht einer von der Sorte, die so schnell aufgaben. Nein, er konnte hartnäckig seinen Weg verfolgen, war er auch noch so steinig und unvorhersehbar. Gruber stand ihm diesbezüglich zum Glück in Nichts nach und war auch ein Schaffer sondergleichen. Auch er war davon überzeugt, irgendwann einmal eine brauchbare Spur zu finden.

Wie jeden Morgen der vergangenen Wochen hatte auch heute an der Tagesbesprechung der SOKO HERZ eine gewisse Ratlosigkeit geherrscht. Die Sitzung hatte daher auch nicht lange gedauert. Zum Schluss hatte Reidter versucht, Gruber und Eva etwas zu motivieren, hatte er doch gesagt:
„Denkt an die Faszination des menschlichen Herzens: man kann es für eine Zeit lang stilllegen, wieder in Gang setzen und es hat die Fähigkeit, sich rasch wieder zu erholen. Und es schlägt 60-80 Mal pro Minute, ein ganzes Leben lang. Das macht dann etwa 3 bis 4 Milliarden Schläge. Lasst uns dafür kämpfen, dass sich an dieser Uhr des Lebens nicht kriminelle Organisationen bereichern!"

Gstaad, Schweiz
12. Mai

Wie ein schwarzer Sarg bahnte sich der pfeilschnelle Phaeton spätnachts auf der spärlich befahrenen Autobahn seinen Weg durch die stockdunkle Nacht von Bern nach Gstaad. Kurz vor Thun passierte es dann. Söder hatte die Scheinwerfer im Rückspiegel nicht gesehen und war von einer Polizeistreife überholt und angehalten worden. Er musste rechts auf dem Pannenstreifen anhalten und seine Papiere vorweisen.

„Das waren dann mal 28 Stundenkilometer zu viel, nach Abzug der Toleranz!", sagte einer der beiden Polizisten. „Sie können von Glück reden, dass Sie den schönen Wagen nicht gleich stehen lassen müssen. Bei 30 Stundenkilometern zu viel wäre es soweit gewesen."

Söder hatte sich dem Prozedere des Protokolls ohne Regung gestellt und alle Fragen reumütig beantwortet. Es war dumm von ihm gewesen und er hatte zweifelsohne Glück gehabt. Jeder Widerstand war aber zwecklos, das wusste er nur zu gut. Immerhin war die Liste seiner Ordnungsbussen nicht lang und der Tempoverstoss würde keine Konsequenzen nach sich ziehen. Aber sein Wagen beschleunigte nun einmal von 0 auf 100 Kilometer in 6 Sekunden und wies eine Höchstgeschwindigkeit von 250 Stundenkilometern auf. Da setzte man doch nicht jedes Mal den Tempomaten, und besonders nicht, wenn man gerade den zweiten Satz eines Klavierkonzertes von Chopin in voller Lautstärke der 24 Lautsprecher hörte.

„So, alles erledigt und aufgenommen. Hier sind Ihre Papiere zurück. Sie hören dann von uns wegen der Busse und der Anzeige. Aber bitte passen Sie auf, im Wiederholungsfall wird Ihnen der Führerausweis für eine bestimmte Zeit entzogen. Auf Wiedersehen, und weiterhin gute Fahrt, Herr Doktor!", sagten die Polizisten zu Söder.

Söder ärgerte sich grün und blau auf der Weiterfahrt nach Gstaad. Es ging ihm nicht um die hohe Busse, diese konnte er verkraften. Nein, die Verwarnung und der Eintrag im Bussenregister machte ihm zu schaffen. Dies konnte er im Moment wahrlich nicht gebrauchen. Aber nun war es halt einmal passiert und er konnte es nicht mehr ändern.

Im Palace Hotel hatte er seinen Wagen diesmal selbst in die Tiefgarage gefahren. Er hatte heute zwei voluminöse Ärztekoffer mit Instrumenten im Wert von mehreren Zehntausend Schweizer Franken dabei. Obwohl er die Hotelangestellten bestens kannte und ihnen vertraute, konnte man ja nie wissen, ob nicht doch jemand in Bezug auf die Kofferinhalte neugierig würde. Denn bisher war er noch nie mit auffälligen Gepäckstücken angereist. Nachdem er den Phaeton neben einem dunkelblauen Porsche 911 Carrera 4S geparkt hatte, musste er wegen der vielen Gepäckstücke den Lift zu seiner Suite zweimal benutzen. Müde und wegen der Geschwindigkeitsübertretung immer noch auf sich wütend hatte er dann noch ein kaltes Abendessen in Form von geräuchertem Lachs und Toastbrot aufs Zimmer bestellt. Nachdem er seinen Frust mit einem Fläschchen Champagner heruntergespült hatte, hatte er sich schlafen gelegt.

Söder hatte zwischen seinen Studienabschnitten immer wieder Militärdienst geleistet. Die Arbeit als Truppenarzt hatte ihm immer Spass bereitet, war es doch jeweils eine willkommene Abwechslung zum Berufsalltag gewesen. Er war viel an der frischen Luft und musste nicht immer nur medizinische Herausforderungen bewältigen. Wahrscheinlich war er gerade wegen seiner Polyvalenz vor zwei Jahren aus seinem Regimentsstab in den Stab des Gebirgsarmeekorps berufen worden. Dort hatte sich auch der erste Kontakt mit einem höheren Beamten des Bundes ergeben. Dieser beschäftigte sich mehrheitlich mit dem Verkauf von ehemaligen Festungen aus dem 2. Weltkrieg an Privatpersonen oder Vereine. Die Schweizerische Eidgenossenschaft war froh um jeden Verkauf eines Objektes, besonders dann, wenn die Käuferschaft die Absicht hatte, dieses wiederherzustellen und einem grösseren Publikum erneut öffentlich zugänglich zu machen.

Im Fall von Armin Söder war es dann sehr schnell gegangen. Bereits zwei Monate nach dem ersten Kontakt war Söder in den Besitz der Festung 'Horn' bei Gstaad gelangt.

Söder hatte am Schluss nur noch zwei Objekte verfolgt. Die Festung 'Horn' bei Gstaad und ein ebenfalls gut erhaltenes Fort im St. Galler Rheintal. Dort hätte der nahe Flughafen Altenrhein fast den Ausschlag für den Kauf gegeben. Letztlich hatte er sich dann aber wegen dem allgemeinen Zustand, der optimalen Raumgestaltung und den grosszügigen Platzverhältnissen für die Festung 'Horn' entschieden. Vom Flugplatz Belpmoos war es ja nicht allzu weit und notfalls konnte man auch einen Helikopter für seine geplanten Aktivitäten einsetzen, wenn es einmal sehr schnell gehen musste.

Söder hatte der Verkäuferschaft glaubhaft versichert, für die Festung einen Trägerverein gründen zu wollen und sie in spätestens vier Jahren dem Publikum wieder zugänglich zu machen. Bis er genügend Interessenten für den Verein gewonnen hätte, wollte er die finanziellen Mittel vorschiessen und die Restaurierungen auf eigene Kosten vorantreiben. Der Bund, der Kanton Bern und die Gemeinde Gstaad waren ihm natürlich nur dankbar gewesen und hatten ihn bei seinen Sanierungsarbeiten in Form von namhaften zinslosen Darlehen unterstützt. Es war vereinbart worden, diese mit den späteren Einnahmen längerfristig zurückzuzahlen.

Bei der Festung 'Horn' handelte es sich um eine Festung der Kategorie A. Dies bedeutete im 2. Weltkrieg einen Vollausbau aller Räume und autonome Funktionalität. Die Festung 'Horn' war in militärischen Strategieüberlegungen auch als einer der letzten Rückzugspunkte im Alpenreduit des Schweizerischen Bundesrates vorgesehen gewesen. Gerade dieser einmalige Ausbau war für Söder entscheidend für den Kauf gewesen. Gewiss: der Zustand der Anlage war nach 70 Jahren nicht gerade einladend gewesen, aber dennoch nicht mit anderen Objekten zu vergleichen. Söder hatte innert kurzer Zeit zahlreiche Bunker besichtigt, doch neben der Festung 'Horn' hatte kein anderes Objekt auch nur einigermassen mithalten können.

Die Festung 'Horn' verdankte wahrscheinlich ihren Namen der direkt darüber gelegenen Hornflue, einem Berg von 1949 Metern Höhe. Allenfalls kam auch noch die benachbarte Horntube mit 1994 Metern Höhe als Patin in Frage. Viele ältere Einheimische in Gstaad wollten auch wissen, dass die zahlreichen 'Hörner' in der Umgebung von Gstaad bis hinüber ins Wallis der Alpenfestung ihren Namen gegeben haben. Oldenhorn, Wildhorn, Rothorn, Schwarzhorn, um nur einige zu nennen. Im Dorf war man froh, schon bald über eine weitere Touristenattraktion verfügen zu können, vor allem in den weniger frequentierten Sommermonaten.

Die Festung war nach aussen auf drei Seiten hin gesichert. Von der Hornflue her waren damals keine Angriffe zu erwarten gewesen. Die Geschütze waren noch original vorhanden und von aussen allesamt durch kleine Bauernhäuser oder Berner Chalets getarnt. Der Zugang erfolgte vom Innern der Festung her über lange Systeme von engwandigen Gängen. Den Haupteingang zur Festung hatte Söder gleich als erstes erneuert. Ein hochmodernes Metalltor ersetzte ein halb zerfallenes Holz-Metall-Konstrukt aus dem

2. Weltkrieg. Im ersten Vorraum hatte es dann bereits Platz für 15 Fahrzeuge.

Die Festung 'Horn' war auf nur zwei übereinander liegenden Ebenen in den Felsen gehauen worden. Andere Objekte erschienen da schon viel verwinkelter und in der dreidimensionalen Ansicht sehr unübersichtlich. Der damalige Aufwand musste nicht nur bautechnisch enorm gewesen sein und auch was die Geheimhaltung und Sicherheit anbelangte, war Grossartiges geleistet worden. Und wenn man bedachte, dass im ganzen Alpenraum Festungen entstanden waren, erschien es Söder manchmal fast unvorstellbar. Architektonisch war die Festung zwar kein Meisterwerk. Dies war wegen ihrer Einfachheit auch nicht möglich gewesen. Die Funktionalität und Raumaufteilung waren hingegen bis ins letzte Detail durchdacht und dem Umstand zu verdanken, dass die Schweizer Regierung und der General mit seinen engsten Offizieren je nach Situation und Bedrohungslage in der Festung Unterschlupf hätten finden können.

Beide Ebenen hatten die riesigen Dimensionen von rund 2'500 Quadratmetern. Auf der unteren Ebene befand sich zum Zeitpunkt des Kaufs durch Söder beim Parkplatz hinter dem seitlich beidseits verbunkerten Eingangstor links ein Wachtlokal mit einer zweistufigen Sicherheitsschleuse. In Aktivdienstzeiten war hinter einer Mauer ein Sturmgewehrschütze platziert gewesen, welcher durch eine kleine Scharte jederzeit das Feuer hätte eröffnen können. Sogar eine Handgranate hätte man vor die Schleuse werden können, ohne dahinter auch nur den geringsten Schaden zu nehmen.

Weiter nach hinten folgten nun eine Reihe von kleineren und mittleren Büroräumen, eine Nachrichtenzentrale sowie ein militärischer Kommandoposten mit angegliedertem Rapportraum. Auf der linken Seite wiederum waren auf dieser Höhe geräumige Magazine gelegen. Etwa in der Mitte der unteren Ebene folgte dann ein steriler, voll funktionsfähiger Operationsraum aus der Kriegszeit. Söder hatte oft über den spartanischen Operationstisch unter einer ovalen, leicht von der Decke hängenden weissen Lampe geschmunzelt. Und zwar nicht aus medizinhistorischen Gründen, nein, denn da lag noch die aus seiner eigenen Erfahrung bestens bekannte, beim Gebrauch beissende braune Militärdecke mit den weissen Schweizerkreuzen auf rotem Grund darauf. Die angrenzenden Räume waren vermutlich nur für Ärzte und Sanitätspersonal gedacht gewesen. Direkt neben einem der Räume, welcher wahrscheinlich als eine Art von Intensivstation gedacht gewesen war, befand sich eine Krankenabteilung mit 4 Einzel- und 10 Doppelzimmern. Den Abschluss auf der Höhe des Spitaltraktes bildete eine gut ausgestattete Küche sowie zwei Speisesäle für Offiziere und bei Bedarf den Bundesrat und den General.

Nach dem Spitaltrakt folgten die Büroräume der Generalstabsoffiziere und diejenigen des Bundesrates mit einem eigenen Sitzungszimmer. Bei Bedarf konnte eine Trennwand geöffnet werden und man war dann direkt mit dem Rapportraum des Generales oder des Armeestabes verbunden. Deren Kommandoposten befand sich direkt angrenzend. Bei diesem Trakt handelte es sich auch um jenen Teil, der von der Schweizer Armee am längsten unterhalten worden war und daher nur einer sanften Renovation bedurfte.

Im hintersten Teil der Anlage waren die Unterkünfte und die sanitären Einrichtungen eingerichtet worden. Hier wären bei einem Rückzug der Schweizer ins Alpenreduit wohl die Regierung und die Militärspitze untergebracht gewesen, für Söder in der heutigen Zeit kaum vorstellbar.

Die obere Ebene der Anlage wirkte unspektakulär und war für Söder beim Kauf ohne jegliche Bedeutung gewesen. Für jeden anderen Käufer mit Restaurationsabsichten wäre dieser Teil wohl zu einem finanziellen Fass ohne Boden geworden. Im Prinzip handelte es sich um eine komplette Unterkunft für 250 Soldaten, Unteroffiziere und Offiziere. Im Vergleich zur unteren Ebene waren die tieferen Standards für einen Besucher auf den ersten Blick ersichtlich. Die Funktionalität und die Aufteilung der Räume waren aber bestechend und äusserst zweckdienlich. So hatte man von dieser Ebene aus auch einen direkten Zugang zu allen Stellungen der Geschütze. Und bei Bedarf liessen sich die beiden Ebenen vollständig abtrennen und entkoppeln. Über den Haupteingang gelangte man durch einen leicht ansteigenden Stollen auf die zweite Ebene.

In seinen Projektentwürfen hatte Söder immer geplant, die untere Ebene zuerst auszubauen und dem

Publikum zu öffnen. Erst zu einem späteren Zeitpunkt, wenn das Objekt die erwünschten Erträge abwerfen würde, war auch der Ausbau der oberen Ebene geplant gewesen. Nur Söder und wenige eingeweihte Personen wussten von den inoffiziellen Plänen, welche einen ganz anderen Verwendungszweck vorsahen und welche die Grundlage für die eigentliche Sanierung der Anlage bildeten. Entscheidend war auch gewesen, dass das Entlüftungssystem der Festung noch voll funktionsfähig war.

Zum Glück war Söder alleinstehend. Sonst hätte er die verschiedenen Aufgaben im Spital und in der Festung nicht unter einen Hut bringen können. Und er wollte bewusst auch kein grosses Beziehungsnetz, welches Einblick in alle seine Aktivitäten hatte. Ein Mitwisser in seinem Konstrukt konnte alles zu Nichte machen. Er hatte auch keine Lust, wegen einer Unachtsamkeit Jahre im Gefängnis verbringen zu müssen.

Seine letzte Beziehung war vor zwei Jahren abrupt in die Brüche gegangen. Genau genommen hätte er sie bereits früher beenden müssen. Und danach hatte er sich geschworen, für eine Zeit Single zu bleiben. Ein Mann in seiner Position würde immer wieder eine Frau finden, davon schien er überzeugt. Seine Chancen konnte er fast tagtäglich im Spital feststellen.

In den drei Jahren hatte er mit Leandra die Höhen und Tiefen einer grossen Liebe durchlebt. Kurz vor Ende ihrer Beziehung waren sie sogar in einen schmucken Bungalow mit grossem Swimmingpool in der Nähe von Zürich zusammengezogen. Söder hatte Leandra damals in Kapstadt kennen gelernt, wo sie als Assistenzärztin gearbeitet hatte. Kurz nach seiner Rückkehr in die Schweiz hatte er ihr am Universitätsspital Zürich zu einer Anstellung verholfen. Da sie nicht wie er an der Herzklinik arbeitete, hatten sie meist stark voneinander abweichende Einsatzpläne und mussten die wenige gemeinsame Zeit gut einteilen. Oft machten ihnen dann aber auch Notfalleinsätze wieder einen dicken Strich durch ihre gemeinsamen Vorhaben. Aber dies war nicht der Grund für ihre Trennung gewesen.

* * *

Am nächsten Morgen verliess Söder das Palace Hotel wieder um halb fünf Uhr in der Früh. Der Frühling zeigte sich von seiner besten Seite und man konnte den kommenden Prachtstag förmlich fühlen. Söder nahm davon keine Notiz und fuhr gedankenversunken der Turbachstrasse entlang und dann durch das kleine Waldstück hin zur Festung. Als er den Wagen im Innern geparkt hatte und sich das Tor hinter ihm geschlossen hatte, war er wieder in seiner Welt. Es gab viel zu tun und bereits in fünf Tagen musste er wieder im Spital seinen Dienst versehen. Als erstes griff er zum Satellitentelefon und tätigte einen Anruf nach China.

Rapperswil-Jona, Schweiz
12. Mai

Chris Meier war ein leidenschaftlicher Jogger. So auch an diesem herrlichen Mittwochabend. Sichtlich genoss er die letzten warmen Sonnenstrahlen und trabte stadtauswärts Richtung Vita-Parcours. Wie am vergangenen Freitag und am letzten Sonntag wollte er seine Lieblingsrunde absolvieren und dabei versuchen, den Jahresrekord wiederum um einige Sekunden zu unterbieten. Beim grossen Parkplatz am Waldeingang angelangt, musste er dann gleich mehrmals hinsehen, um es glauben zu können. Mehrere Streifenwagen der Polizei und sogar ein grösseres Fahrzeug mit der Aufschrift 'Einsatzleitung' parkten links und rechts der Eingangsstrasse. Die Menge Schaulustiger wurde von drei Polizisten höflich hinter einem Absperrband mit der Aufschrift 'Polizeisperrzone' zurückgehalten.

Just im Moment, als Chris Meier auf der leicht ansteigenden Wiese hinter den Gaffern vorbeispringen wollte, hörte er das Horn einer eintreffenden Ambulanz. Verdutzt blieb er daher im Gras stehen und blickte zum Parkplatz hinunter. Dort standen etwa zehn Beamte um einen weissen Skoda herum. Jetzt dämmerte es Meier. Er hatte den Wagen mit dem Autokennzeichen 'CZ 2K6 1861' und den beiden blauen und weissen Vignetten bereits am Freitag und am Sonntag an gleicher Stelle gesehen, sich aber nichts weiter dabei gedacht. Es war nicht das erste

Mal, dass er Fahrzeuge einige Tage hier abgestellt gesehen hatte. Wahrscheinlich war es ein Besucher, welcher bei seinem Gast keinen Parkplatz gefunden hatte und sich so eine Busse ersparen wollte, obwohl auch diese Parkplätze ganztags und sieben Tage die Woche gebührenpflichtig waren. Aber dies wusste der Tscheche wohl nicht. Am Sonntag hatte Chris beim Vorbeispringen sogar einen kurzen Blick in das Wageninnere geworfen, aber nichts Besonderes feststellen können. Aber da war doch am Sonntag noch dieser Schuss im Wald gewesen. Es war ja keine Jagdsaison und auch der Schiessplatz am Waldeingang war an diesem Sonntagmorgen nicht in Betrieb gewesen. Meier zögerte, ob er zur Polizei gehen sollte. Vielleicht reimte er sich auch nur etwas zusammen, was es gar nicht gab. Und man würde schon bald aus den Medien erfahren, um was es ginge. Nach einigen Momenten, in denen er innerlich mit sich gerungen hatte, lief er auf einen der Polizisten am Absperrband zu und meldete sich. Sicher war sicher. Nach einer kurzen Schilderung der Situation bat ihn der Polizist, doch hinter der Absperrung zu warten.

Der Polizist war daraufhin zum Fahrzeug der Einsatzleitung gegangen und für einen kurzen Moment darin verschwunden. Es hatte jedoch nicht lange gedauert, bis er wieder mit einem Kollegen zu Meier zurückgekehrt war.

Zwei Polizisten hatten in der Zwischenzeit die eingetroffene Ambulanz eingewiesen und nach vorne gelotst. Wenige Sekunden später hatte bereits ein Polizist den Platz des Rettungsarztes auf dem Beifahrersitz eingenommen. Samt einem weiteren Kombi der Polizei mit Zeltanhänger war die Ambulanz dann in der ersten Waldlichtung entschwunden.

„Grüezi, ich bin Kommissar Altdorfer." Er blickte erwartungsvoll zu Chris Meier. "Darf ich Sie bitten, mir zu meinem Wagen zu folgen. Dort können wir uns ungestört unterhalten. Das tönt ja alles sehr interessant, was Sie meinem Kollegen eben mitteilten. Und merci, dass Sie sich gleich gemeldet haben, das war vorbildlich von Ihnen!"
„Gern geschehen. Ich hoffe nur, es ist nichts Schlimmes passiert. Hat es etwas mit dem tschechischen Auto zu tun?"
„Das können wir noch nicht mit Bestimmtheit sagen, aber so wie es aussieht, schon. Wer weiss, vielleicht bringen uns Ihre Beobachtungen ja schnell weiter", sagte Altdorfer und drängte Meier in Richtung seines Fahrzeuges. „Steigen Sie ein und nehmen Sie Platz. Ich denke, auf der Rückbank können wir uns am besten unterhalten. Leider ist der Wagen der Einsatzleitung für eine Befragung aus Platzgründen nicht wirklich geeignet, aber es sollte auch so gehen." Altdorfer und Meier nahmen im Fonds des zivilen BMWs Platz.
„Also, wann genau ist Ihnen der weisse Skoda zum ersten Mal aufgefallen?", begann Altdorfer.
„Das war am letzten Freitag, gegen sechs Uhr am Abend. Da habe ich mir eigentlich noch nichts dabei gedacht. Es kann ja jeder einmal eine Pause machen,

einen kleinen Waldspaziergang unternehmen oder seinen Hund ausführen."

„Natürlich. Und dann haben Sie das Auto am Sonntag wiedergesehen?"

„Ja. Das muss dann so gegen zwölf Uhr gewesen sein." Meier dachte kurz nach. „Ja, kurz vor zwölf Uhr bin ich hier durchgerannt."

„Und dann haben Sie einen Schuss gehört?", fragte Altdorfer.

„Ja."

„Und wo ist das gewesen? Können Sie mir die Stelle beschreiben oder auf der Karte zeigen?" Altdorfer öffnete eine Karte und zeigte mit seinem Zeigefinger auf eine Stelle. „Wir sind hier, nicht wahr?"

Chris Meier blickte auf die Karte und nickte. Er suchte die Stelle, wo er den Schuss gehört hatte und zeigte dann auf einen Punkt auf der Karte.

„Hier, etwa hier habe ich den Schuss gehört."

„Können Sie die Entfernung schätzen? Ein Schuss ist nicht gleich ein Schuss. Da kann man sich natürlich gewaltig täuschen", sagte Altdorfer.

„Es muss ziemlich nah am Weg gewesen sein. Ich wurde einmal von einem Jäger aus kurzer Distanz fast angeschossen und kenne Schüsse auch von meinen Militärdiensten. Also mehr als hundert Meter wird es nicht gewesen sein."

„Und Sie haben nicht angehalten? Und Sie haben sich nichts dabei gedacht? Merkwürdig!" Altorfer runzelte fragend die Stirn.

„Nein, ich habe wirklich an einen Jäger geglaubt. Vom Schiessstand her konnte der Schuss ja nicht sein, der ist viel zu weit entfernt. Und ich habe auch keine weiteren Geräusche oder Stimmen gehört", antwortete Meier verdutzt und leicht gereizt.

„Schon gut, ich muss diese Frage stellen. Und für das Protokoll werden Sie diese wohl nochmals hören, das lässt sich leider nicht vermeiden", beruhigte ihn Altdorfer. „So, ich denke, Sie können dann bald gehen. Ich würde gerne noch Ihre Personalien aufnehmen, wir melden uns dann wieder bei Ihnen."

Chris Meier gab bereitwillig seine Angaben zu Protokoll und stieg dann aus dem Wagen. Die Lust am Joggen war ihm vergangen. Während er Altdorfer seine Aussagen gemacht hatte, waren die Zugänge vom Parkplatz und vom Schiessplatz bereits abgesperrt worden. Die Polizei versuchte auch, die Schaulustigen zu vertreiben, was nicht allzu gut gelang. Bereits waren zwei Zeitungsfotografen und ein Videojournalist eines Berner TV-Senders auf Platz eingetroffen und hatten sich zum Wagen der Einsatzleitung vorgedrängt. Dort waren sie vom Leiter der Ermittlungen vorerst vertröstet worden. Eine erste Stellungnahme war im Moment nicht geplant und eine Pressekonferenz nicht einmal in Betracht gezogen worden. Die Einsatzleitung hatte zudem massive Verstärkung angefordert, wollte man doch ein Planquadrat von vier auf vier Kilometern nach Gegenständen absuchen. Und dies war wegen der Jona und den zahlreichen steilen, zum Teil erdigen oder felsigen Hängen im Suchgebiet nicht gerade einfach.

Wenige Minuten später fuhren der Einsatzleiter und Altdorfer mit einem Streifenwagen auf einem

Feldweg nordostwärts. In der Nähe, wo Chris Meier auf der Karte die Stelle des Schussortes vermutet hatte, hielten sie an. Ein weisses Plastikzelt war von der Polizei keine zehn Meter von der Strasse entfernt errichtet worden. Darin befand sich ein grausiger Fund.

Gstaad, Schweiz
12. Mai

Söder tobte. Er hatte viermal anrufen müssen, bis der Chinese endlich ans Telefon gegangen war. Das würde noch ein Nachspiel haben. Dies wusste auch Jiang Xiaho, nachdem er vergeblich versucht hatte, Söder zu beschwichtigen. Söder duldete keine Halbheiten, nirgendwo. Die beiden verständigten sich auf Englisch. Jiang Xiaho war wie Söder ein arrivierter Herzchirurg. Die beiden hatten sich vor drei Jahren auf einem Kardiologen-Kongress in New York kennen gelernt. Dies war kurz vor Söders Trennung von Leandra gewesen. Und es hatte nicht lange gedauert, bis sich der Chinese wieder bei Söder gemeldet hatte. Beim vorgeschlagenen Geschäft war es um Millionen gegangen. Millionen Dollars in einer zwei- bis dreistelligen Zahl. Söder hatte lange mit sich gerungen. Einerseits fühlte er sich als Arzt dem hippokratischen Eid verpflichtet, obwohl dieser nicht mehr die rechtliche Basis einer ärztlichen Ethik bildete. Andererseits aber würde er ja bei seiner Tätigkeit weiterhin Menschenleben verlängern. Nur die Bezahlung der ärztlichen Leistungen würde ein wenig anders erfolgen. Und als dann just in dieser Phase die definitive Trennung von Leandra erfolgte, war sein Entschluss rasch einmal gefasst. Lange genug hatte er ja bereits in ihm geschlummert. Er entschied sich, mit den Chinesen zu kooperieren.

Genau genommen war nur die Zentrale der Organisation in China. Das oberste Gremium war jedoch international bestellt. Neben China hatten auch die USA, Südafrika, Indien, Mexico und Russland ihren Einsitz dort. Und mit Söder bereicherte nun auch der erste Europäer die Organisation, und was für einer. Die Organmafia hatte einen grossen Fisch an Land gezogen! Damit war das internationale Netz vollständig geknüpft.

Der Vorsitz der Organisation wechselte turnusgemäss alle zwei Jahre. Zur Zeit waren die Chinesen an der Reihe und daher für den Hauptsitz zuständig. Sie hatten diesen in einem unscheinbaren Vorort von Shanghai installiert.

„Was ist in Civitavecchia und Madrid passiert?" Söder fragte energisch. Aus Sicherheitsgründen telefonierten sie nur alle vier bis fünf Wochen miteinander. Die übrige Kommunikation verlief über passwortgeschützte, unauffällige Websites.

„Wir haben noch nicht viel herausgefunden. In Madrid war es aber schon eine äusserst unprofessionelle Arbeit. Die Verantwortlichen wurden bereits zur Rechenschaft gezogen und liquidiert. Im Fall von Civitavecchia ist aber einfach alles gegen uns gelaufen, was schief gehen kann. Dass die Leiche nicht gesunken ist und im Hafen von einem Fischer gefunden wurde, grenzt wirklich an einen Supergau." Jiang Xiaho schnaubte wie ein wilder Stier durch das Telefon.

„Das ist mir völlig egal." Söder versuchte ruhig zu wirken. „Wir können unserer Arbeit so nicht in Ruhe ausführen, wenn wir jeden Moment damit rechnen müssen, erwischt zu werden. Wenn auch nur eine unserer Locations auffliegt, dann sind wir geliefert! Hast Du das verstanden!? Geliefert habe ich gesagt, ge – lie – fert!"

Am chinesischen Ende der Leitung blieb es stumm.

„Ich sage Dir: wenn es so weiter geht, dann schliesse ich meinen Laden und lasse euch allesamt hochgehen! Oder ich beantrage den sofortigen Wechsel des Vorsitzes an Indien. Und auf meinen Video-Support könnt dann auch alle verzichten. Weg bin ich schnell einmal. Weg und unauffindbar!"

Söder bereute in diesem Moment, der Versuchung damals nicht widerstanden zu haben. Nun war er mitten im Schlamassel und er wusste nicht einmal, wie tief er allenfalls bereits im Sumpf stand.

„Wir arbeiten daran, Armin. Glaube mir, wir suchen uns unsere Partner nun noch sorgfältiger aus." Jiang Xiaho hatte sich wieder gefasst.

„Das will ich auch hoffen, mein lieber Jiang. Aber ich schwöre Dir: noch einmal ein solches Fiasko, und ich höre auf. Das versichere ich Dir!"

Ohne die Reaktion am anderen Ende der Leitung abzuwarten, drückte Söder die Taste mit dem kleinen roten Telefon. Wortlos machte er sich wieder an seine Arbeit. Bereits in wenigen Stunden würde Dirk Felder mit seinem Team in der Festung eintreffen.

Rapperswil-Jona, Schweiz
12. Mai

Ein Polizist öffnete Altdorfer den Eingang zum weissen Plastikzelt, welches immer dann zum Einsatz kam, wenn eine Leiche gefunden worden war. Im Innern knieten zwei Polizeiärzte über dem auf einer Bahre liegenden Toten. Altdorfer blickte nur kurz hinab. Es wurde ihm gleich übel. Der Tote war am Oberkörper splitternackt, sein Thorax gewaltsam eröffnet. Nur die Vorstellung, wie man so etwas tun konnte, machte Altdorfer schwindlig und er musste kurz nach draussen gehen, um sich zu übergeben.

Wenige Minuten danach kamen die beiden Ärzte aus dem Zelt und traten zu Altdorfer.
„Ganz übel, wirklich nichts für schwache Nerven. Das haben wir wahrlich noch nie gesehen. Kopfschuss, Hirn weggeblasen, Brustkorb aufgebrochen, Herz entfernt, Brustlappen zugeklappt und nackt liegen gelassen. Ich kann gut nachvollziehen, dass es Sie gleich übermannte". Der ältere Arzt schüttelte dabei unaufhörlich seinen Kopf, während ihm sein Kollege fassungslos folgte.
„Ja, das ist wirklich der Hammer. Zum Glück haben wir noch den polizeipsychologischen Dienst. Irgendwo muss man so etwas ja verarbeiten können." Altdorfer wirkte schon nicht mehr so erschüttert. „Kann man schon etwas über den Todeszeitpunkt sagen?"

„Schwierig, sehr schwierig sogar. Aber ich denke so zwei Tage dürfte es schon her sein. Der Leichnam ist wegen dem Tau am Morgen stark aufgedunsen und beim Brustkorb sind wir nicht sicher, ob sich nicht noch ein Fuchs oder ein anderes Wildtier daran versucht hat. Genau können wir es aber erst in einigen Stunden sagen, wenn wir die ersten Resultate der Gerichtsmedizin haben."

„Wo bringt ihr die Leiche hin?", fragte Altdorfer.

„Wir werden anordnen, sie direkt nach Zürich zu überführen. Wir müssen unbedingt auch noch Spezialisten der Herzklinik des Universitätsspitals beiziehen. Die Organentnahme war äusserst unprofessionell und wir schliessen daher fast mit einhundert prozentiger Sicherheit aus, dass das Herz für eine Transplantation in Frage kommen könnte."

„Das tönt ja fast nach einem Woodoo-Akt oder sonst einem bestialischen Ritual", bemerkte der Kommissar. „Halten Sie mich auf dem Laufenden, sobald Sie weitere Ergebnisse haben. Und ich brauche dringend die Koordinaten der Gerichtsmedizin. Wenn ich es schaffe, werde ich noch heute dort vorbeischauen."

Altdorfer ging wieder zu seinem Wagen zurück und liess sich zur Einsatzzentrale zurück chauffieren. Er musste dringend eine erste Meldung an die Bundespolizei machen. Seit ein Fall von Herzraub aus Madrid leider publik geworden und medial ausgeschlachtet worden war, würden sich Öffentlichkeit und Medien brennend für diesen Mord interessieren. Altdorfer musste unbedingt verhindern, dass Details an die Öffentlichkeit gelangten.

Zurück in seinem Büro kontaktierte Altdorfer das Bundesamt für Polizei in Bern. Dieses übte auch die Funktion des Nationalen Zentralbüros von Interpol Schweiz aus. Innert weniger Minuten wurde ein elektronisches Falldossier mit der höchsten Geheimhaltungsstufe eröffnet und in die Zentrale von Interpol nach Lyon gesandt. Kurz darauf hatte Josef Reidter eine Meldung mit höchster Priorität und Empfangs- und Lesebestätigung auf seinem Computer. Das konnte ja mal wieder eine lange Nacht werden!

Davos, Schweiz
12. Mai

Doktor Raeto Gander war einer der wenigen verbliebenen echten Berg- und Hausärzte. Wer stieg heutzutage schon noch zwei Stunden zu Fuss auf eine Alp, wenn dort nicht gerade jemand im Sterben lag? Und welcher Arzt besuchte noch bettlägerige Patienten zuhause, wenn dies die Krankenkassen nicht einmal entschädigten? Gander schien wirklich einer der letzten Enthusiasten zu sein. Naturmensch, Optimist, Arzt, Helfer, Retter und oft auch Seelsorger in ein und derselben Person. Aber auch er dachte mit seinen 59 Lenzen langsam ans Aufhören. Die Zeichen der Zeit waren auch an ihm nicht spurlos vorüber gegangen. Er war auch nur ein Mensch und gedachte, mit seiner Frau einen wohlverdienten, aktiven Ruhestand zu geniessen. Spätestens in zwei Jahren wollte er den Arztkittel an den sprichwörtlichen Nagel hängen und von Davos wegziehen. Würde er bleiben, das wusste er, würde die Pensionierung zur reinen Farce werden. Nein sagen war schon heute etwas, das er nicht konnte. 80-Stunden-Wochen waren bei ihm leider keine Seltenheit und Ferien genoss er vielleicht gerade mal für eine Woche pro Jahr.

Ganders Praxis lag am Ausgang von Davos in Richtung Wolfgangsee. Der Arzt hatte immer Wert auf saubere und moderne Untersuchungszimmer gelegt. Alle Räume waren hell und funktional eingerichtet. Einzig im Wartezimmer hatte er zahlreiche Gemälde seiner allerjüngsten Patienten aufgehängt.

Wie immer am Mittwoch war er heute ab 15 Uhr allein in der Praxis gewesen. So konnten seine beiden Praxisassistentinnen ihre Überstunden kompensieren. Normalerweise behandelte er dann keine Patienten mehr, mit Ausnahme von Notfällen und kleineren geplanten Wundversorgungen nach Operationen. Und so eine hatte heute angestanden.

Kurz nach 16 Uhr hatte Gian Dorrer die Praxis von Raeto Gander betreten. Vor einer Woche hatte er sich einer Knieoperation unterziehen müssen. Heute konnte er abklären lassen, ob die Fäden bereits entfernt werden konnten. Gander und Dorrer kannten sich bereits lange und waren gemeinsam im Turnverein Davos bei den Senioren aktiv.

„So, Gian, dann wollen wir also mal sehen. Zieh die Hose aus und leg Dich hier auf das Untersuchungsbett."

Dorrer tat, wie ihm geheissen wurde. Gander entfernte sorgfältig das Pflaster über der Narbe am rechten Knie.

„Oh, das sieht ja sehr gut aus. Wir können die Fäden problemlos bereits heute entfernen", freute sich Gander.

„Ich muss Dir zur Sicherheit eine kleine Spritze zur lokalen Betäubung geben. So wirst Du nichts spüren.

Dorrer war darob etwas erstaunt. Es waren nicht seine ersten Fädern, welche er entfernen lassen musste. Aber eine Spritze hatte er dabei nie gekriegt. Seltsam, doch Gander schien es ja besser zu wissen.

Gander war mit der aufgezogenen Spritze vom Nebenzimmer zurückgekommen. Sanft drang die Nadel in den Oberschenkel von Dorrer ein. Nur Sekunden später wirkte das starke Narkotikum im Blutkreislauf des Patienten. Dorrers Körper erschlaffte. Dann war alles sehr schnell gegangen.

* * *

Doktor Raeto Gander war schon sehr erstaunt gewesen, als es kurz nach 21 Uhr bei ihm zuhause an der Türe geklingelt hatte. Ein Polizist hatte ihm dienstbeflissen seine Dienstmarke der Kriminalpolizei gezeigt und sich mit Kommissar Aliesch vorgestellt. Aber Gander war achtsam gewesen und hatte an alles gedacht. Er hatte die Fäden an Dorrers Knie noch vor dessen Abtransport entfernt und im kleinen Aluabfalleimer im Untersuchungszimmer deponiert.

„Ich komme wegen ihrem Patienten, Gian Dorrer. Er ist heute Abend nicht mehr nachhause gekommen und seine Frau macht sich die grössten Sorgen. Er soll offenbar bei Ihnen gewesen sein? Stimmt das?"

„Ja, das ist korrekt. Aber kommen Sie doch herein, Herr Aliesch", sagte Gander. „Möchten Sie einen Kaffee oder einen Bünder Röteli?"

„Kaffee gerne, Röteli nein danke. Ich bin im Dienst. Da mag es Nichts leiden! Ich habe nur ein paar Fragen für heute, alles andere können wir dann morgen besprechen." Aliesch setzte sich an den ihm angebotenen Platz am Esstisch im Wohnzimmer und öffnete seine Mappe.

„Tut mir wirklich leid für die späte Störung, aber ich hoffe, Sie verstehen das."

„Schon gut, Sie tun ja nur ihre Pflicht. Und wenn ich irgendwie helfen kann, dann mache ich das natürlich gerne. Aber ich kenne Gian schon so lange, der kann nicht weit weg sein." Gander wusste nur zu gut, dass er mit dieser Aussage nicht einmal so unrecht hatte.

„Das wollen wir doch mal hoffen. Also, um es kurz zu machen: wann war Herr Dorrer genau bei Ihnen in der Praxis?"

„Das war von 16 Uhr bis kurz vor 16.30 Uhr. Nachdem ich die Fäden am Knie entfernt hatte, ist er gleich gegangen. Ich wollte zuerst mit ihm noch ein Feierabendbier trinken gehen, aber er hatte keine Zeit", log Gander.

„Ist Ihnen etwas Spezielles an ihm aufgefallen? Ich meine beispielsweise von seinem Verhalten her?", fragte Aliesch.

„Nein, ich würde lügen. Er war ganz normal und irgendwie aufgestellt, dass die Operation so gut verlaufen war und die Wunde perfekt verheilt war."

„War ausser Ihnen noch jemand in der Praxis?"

„Nein, ich bin am Mittwochnachmittag immer alleine und behandle nur Notfälle oder kleinere planbare Sachen, wo ich meine Praxisassistentinnen nicht brauche." Gander schüttelte dabei den Kopf.

„Das heisst also, dass Ihnen ausser Dorrer niemand ein Alibi für diese Zeit geben kann?"

„Nun hören Sie mal, Herr Aliesch. Langsam wird es mir aber zu bunt! Ich komme mir ja wie ein Schwerverbrecher vor! Ich werde mich bei ihrem Vorgesetzten beschweren, da werden Sie etwas erleben!" Gander war nun sichtlich verärgert.

„Entschuldigung, Herr Doktor. Aber tun Sie das nur. Wir sind uns das gewohnt und haben auch Verständnis dafür. Es ist ja überhaupt nichts passiert. Oder wenn überhaupt, wissen wir es noch nicht." Aliesch versuchte Gander damit etwas zu beruhigen. „Ich denke, das genügt für heute. Besten Dank! Es kann sein, dass wir morgen nochmals in ihrer Praxis vorbeikommen, wenn Herr Dorrer bis dahin noch nicht aufgetaucht ist. Und betreten Sie das verwendete Untersuchungszimmer nicht mehr, bis wir uns wieder gemeldet haben. Es könnte sein, dass sich auch die Spurensicherung noch dafür interessiert."

„Meinetwegen. Ich habe nichts zu verbergen", brummte Gander. Sie würden ohnehin keine Spuren finden. Dafür hatte er gesorgt.

Nachdem sich Aliesch höflich von Gander verabschiedet hatte, war er auf den Polizeiposten gegangen. Da Dorrers Frau eine offizielle Vermisstmeldung eingereicht hatte, musste er diese nach Ablauf von 24 Stunden in Funk und Fernsehen publik machen. Er bereitete daher vorsorglich die Texte vor und erkundigte sich dann nach dem Stand der bereits eingeleiteten Suche nach Dorrer. Diese war bis anhin erfolglos verlaufen. Allerdings war auch noch kein Grossaufgebot im Einsatz. Neben einigen wenigen

Polizisten beteiligten sich vor allem Personen aus dem Familien- und Freundeskreis an der Suche nach Dorrer. Doch dieser befand sich tot an einem Ort, wo niemand nach ihm suchen und ihn finden würde. Auch dafür hatte Gander gesorgt.

Gstaad, Schweiz
15. Mai

Das gesamte Untergeschoss der Festung Horn war bereits vor einem Jahr radikal umgebaut worden. Kein Stein war dabei auf dem anderen geblieben. Söder hatte nach ihm vorliegenden Plänen eines neuen Spitalbaus in Deutschland zwei komplette Operationssäle mit angegliederter Intensivstation mit vier Betten bauen lassen. Zimmer für Ärzte und Spitalpersonal, acht Duschen, eine vollfunktionale Küche, genügend Vorratsräume und eine Zentrale mit Notstromaggregaten vervollständigten die untere Ebene der Festung. Alle beim Bau involvierten Lieferanten und Handwerker, die meisten aus dem benachbarten Ausland, hatten dabei eine strenge Geheimhaltungserklärung mit Androhung horrender Konventionalstrafen unterzeichnen müssen. Sie waren im Gegenzug für ihre Arbeiten fürstlich honoriert worden. Söder hatte jeweils das Vierfache der effektiven Kosten bezahlt. Der Umbau hatte jeweils unter den grössten Sicherheitsvorkehrungen stattgefunden. Wann immer möglich, war das Material in der zweiten Nachthälfte angeliefert worden. Am meisten Sorge hatte Söder das stete Nachfragen des Gemeindepräsidenten von Gstaad bereitet. Unzählige Male musste er abgewimmelt und so von einem Besuch der Festung Horn abgehalten werden. Gut, die Festung gehörte ja nicht ihm, aber bei hochrangigen

Lokalpolitikern musste man schon ein wenig diplomatisch vorgehen.

„Lasse Dich doch in zwei Jahren vom Gesamtprunkstück überraschen, Gian Andri, Deine Freude wird so um ein Vielfaches grösser sein. Ich verspreche Dir, das gibt ein wahres Bijoux", pflegte Söder jeweils zum Gemeindepräsidenten zu sagen.

Söder war zufrieden mit der Arbeit der vergangenen drei Tage in der Festung. Er, Dirk Felder und sein Team hatten am Mittwoch und in der Nacht auf Donnerstag zwei Herztransplantationen planmässig und ohne nennenswerte Komplikationen durchgeführt. Das Team hatte ganze Arbeit geleistet und ihm dabei den Streit mit dem Chinesen fast vergessen lassen. Felder würde noch mit den beiden Patienten ein bis zwei Tage auf der Intensivstation in der Festung verbringen und sie dann mit ihrer Ambulanz nachhause fahren. Es handelte sich dabei um ziviles Fahrzeug, aussen dunkelblauer Lieferwagen, innen ein voll ausgestattetes Rettungsfahrzeug. Söder selber würde bereits heute wieder ans Inselspital zurückfahren, wo er um 21.00 Uhr seinen Dienst antreten musste. Auf seinem Iphone hatte er eine dringende Meldung des Spitaldirektors erhalten. Die Zürcher Rechtsmedizin und das Universitätsspital in Zürich hatten die Herzklinik in Bern nach einem Herzchirurgen für eine Zweitmeinung in einem Mordfall um Unterstützung angefragt. Da der Leiter der Herzchirurgie und Söders direkter Vorgesetzter gerade in den Ferien weilte und es keinen Zeitaufschub duldete, war die Wahl auf den diensthabenden Söder gefallen.

Am Wochenende waren ohnehin keine Operationen geplant und für den Fall von akuten Herzinfarkten und Herz-Kreislaufstörungen war das Inselspital personell auch ohne Söder immer noch sehr gut besetzt.

Söder hatte den Zoff mit den Chinesen fast vergessen gehabt. Aber eben nur fast. Und mit der Meldung aus Bern war das ungute Gefühl wieder da gewesen. Hatten die Chinesen etwa wieder gepfuscht. Denkbar wäre es. Was, wenn es sich beim Toten in Zürich um den Tschechen aus Rapperswil-Jona handelte? Etwas irritiert und im Ungewissen meldete sich Söder bei Dirk Felder ab und machte sich auf direktem Weg nach Bern ins Inselspital. Wenn es so weiter gehen würde, könnte er bald seine Wohnung in Köniz aufgeben. Er war ohnehin fast nie mehr dort und könnte ein Zimmer im Spital oder in einem Berner Hotel mieten oder auch nach Gstaad pendeln.

Beim Gedanken an seine meist leerstehende Wohnung musste er unwillkürlich an Leandra denken. Nicht nur seine Wohnung war leer. Auch er war es. Alles wäre sicher anders gekommen, wenn Leandra ihn nicht belogen hätte. Freudestrahlend hatte sie ihm eines Abends nach einem strengen Arbeitstag eröffnet, dass sie schwanger wäre. Für ihn war in jenem Moment eine Welt zusammengebrochen. Unter Tränen hatte er Leandra gestanden, dass er schon lange unterbunden war.

Zürich, Schweiz
16. Mai

Am Sonntagmorgen war Söder bereits um acht Uhr am Universitätsspital in Zürich, um die Leiche zu begutachten. Der Tote war mit einer Sondergenehmigung der Zürcher Gesundheitsdirektion vom Rechtsmedizinischen Institut überführt worden. Die Bewilligung war auf maximal 24 Stunden befristet worden.

„Wir sind gespannt, Armin, wie Du den Fall beurteilst. Aber unsere beiden Kollegen der Zürcher Rechtsmedizin und unser Leiter der Herzchirurgie sind einhellig der Meinung, dass das Herz nach der Entnahme nicht mehr für eine Transplantation geeignet gewesen wäre. Offenbar müssen die untere Hohlvene und die Lungenarterie massiv beschädigt gewesen sein", sagte Peter Margot, seines Zeichens Direktor des Universitätsspitals zu Söder.

„Das werden wir relativ einfach feststellen können. Was weiss man sonst noch über den Toten?"

„Offenbar handelt es sich um einen Mann aus Tschechien. Er wurde auf dem Vitaparcours in Rapperswil-Jona am oberen Zürichsee gefunden. Seine Identität konnte bereits festgestellt werden. Unklar ist noch, ob er als Tourist oder geschäftlich in der Schweiz weilte." Stolz gab Margot diese Informationen preis.

„Dann führe mich bitte jetzt in den Untersuchungsraum. Und: Ich möchte zwei Stunden ungestört arbeiten können", bat ihn Söder.

„Selbstverständlich, Armin, wir haben alles vorbereitet." Margot begleitete Söder ins erste Untergeschoss und öffnete ihm mit seinem Badge den Untersuchungsraum. „Ich lasse Dich dann mal alleine. Wenn Du etwas brauchst, kannst Du mich unter der internen Telefonnummer 500 erreichen. Das Telefon befindet sich gleich neben der Türe."

„Besten Dank, dann mache ich mich mal an die Arbeit." Söder trat ein. Die Türe schloss sich hinter ihm automatisch und liess Margot hinter dem verdunkelten Glas schemenhaft zurück.

Söder hatte sich über die Redseligkeit des Direktors insgeheim bedankt. Super, da hatten die Chinesen wohl wieder einen Riesenbock geschossen! Wie wählten die denn ihre Leute aus? Es war ihm unverständlich. Dabei ging es doch so einfach, wenn man sich beispielsweise an vertraute Kollegen wie Dr. Raeto Gander hielt. Aber Söder konnte nicht alles alleine machen. Primär war der Vorsitz der Organisation für den Nachschub in den drei Transplantationszentren Gstaad, New York und Shanghai zuständig. In dreieinhalb Wochen sollte die nächste Lieferung von zwei Herzen erfolgen.

Konzentriert machte sich Söder dann an seine Arbeit und untersuchte die Leiche, obwohl er im Grunde bereits wusste, wie sein Gutachten ausfallen würde. Gewiss, die Qualität der Arterien- und Venenanschlüsse war schlecht gewesen. Aber Dirk Felder war ein absoluter Crack auf seinem Gebiet und gemeinsam hätten sie die Transplantation mit Ausnahme von erhöhten Dosen an Immunsuppressiva ohne nennenswerte Komplikationen durchgeführt. Vielleicht war das Explantationsteam während der Organentnahme bei seiner Arbeit gestört worden oder aus irgendeinem Grund unter Zeitdruck geraten? Oder sie hatten keine günstigen Voraussetzungen für ihre Arbeit gehabt. Die von der Organisation entwickelten mobilen Operationsfahrzeuge waren noch nicht vollends ausgereift. Dies würde noch einige Monate dauern.

Söder setzte sich nach einer halben Stunde auf einen kleinen Drehstuhl ohne Rückenlehne und hing eine weitere Stunde seinen Gedanken nach. Dann ging er zum Telefon und wählte Margots Nummer.

„Und, Armin, wie lautet denn Dein Befund?", fragte Margot interessiert.

„Nun, ich kann meinen Kollegen vollends beipflichten", log Söder. „Absolut unbrauchbar, das Herz meine ich. Und ich habe kleine Partikel von Tierhaaren gefunden. Aber das dürfte wohl nach der Organentnahme gewesen sein. Wahrscheinlich ein Fuchs oder ein Reh. Wenn man es ganz genau wissen möchte, müsste man eine DNA in Auftrag geben. Aber ich denke, das wird sich in diesem Fall nicht lohnen."

„Möchtest Du das Gutachten hier verfassen?", fragte Margot.

„Gerne, wenn Du mir eine kleine Ecke in einem Büro oder ein Sitzungszimmer zur Verfügung stellen könntest, würde ich es gerne sogleich erledigen. Ich sollte eigentlich schon wieder in Bern sein, um meine Kollegen ein wenig entlasten zu können. Schliesslich habe ich Wochenenddienst und wir haben nur eine Minimalbesetzung mit Pikett."

„Du kannst gerne in meinem Büro arbeiten. Es hat genug Platz für zwei", freute sich Margot.

Nachdem Söder das umfassende Gutachten erstellt und gespeichert hatte, machte er sich zurück auf den Weg nach Bern. 90 Minuten später traf er am Inselspital ein. Während der Fahrt hatte er genügend Zeit gehabt, sich Gedanken zum Fall des Tschechen zu machen. Das würde ein böses Nachspiel für die Chinesen haben. Dessen war er sich sicher. Viermal geschlampt in zwei Monaten, das war zu viel und bedeutete für die weitere Zusammenarbeit einen erhöhten Risikofaktor, wenn nicht gleich Alarmstufe rot. Söder nahm sich vor, die Situation in New York abzuklären, bevor er weitere Massnahmen einleitete. In Shanghai erübrigte sich eine Nachfrage. Dort waren die Chinesen direkt am Tropf der Zentrale und hätten ihn ohne Zweifel verraten. Auf jeden Fall galt es, die amerikanischen Kollegen zu warnen und selbst auf der Hut zu sein. Aber die Chinesen brauchten einen Schuss vor den Bug. Er war nicht bereit, seine immensen zeitlichen und finanziellen Investitionen in Gefahr zu bringen.

Wien, Österreich
17. Mai

Josef Reidter hatte den Bericht der Schweizerischen Bundespolizei in den vergangenen Stunden immer wieder gelesen, hatte aber darin keinen brauchbaren Hinweis finden können, welcher ihn in seinen Ermittlungen auch nur ein kleines Stückchen weitergebracht hätte. Im st. gallischen Rapperswil-Jona war ein Tscheche auf einem Fitness-Parcours erschossen und danach in einem benachbarten Waldstück seines Herzens beraubt worden. Die Identität des Opfers hatte rasch geklärt werden können. Jedoch fehlten noch die Beweggründe für seine Reise in die Schweiz, man ging im Moment von einem Touristen oder einem Geschäftsmann aus. Absolut im Dunkeln tappten die ermittelnden Behörden in der Schweiz bezüglich des Motivs des Täters. Organraub schien zwar auf der Hand zu liegen. Mit den anderen Fällen ergab es schon ein ganz passables Bild einer organisierten Gruppierung. Allerdings schien diese nicht gerade die nötige Vorsicht bei ihren Greueltaten walten zu lassen. Dieses unprofessionelle und unkoordinierte Vorgehen konnte jedoch nur zum Nutzen der Ermittler sein.

Zur Leiche des Tschechen lagen drei unabhängig erstellte, beinahe gleich lautende medizinische Gutachten vor. Alle Experten waren dabei zum Schluss gekommen, dass das entwendete Herz für eine Organtransplantation nicht mehr in Frage gekommen war, obwohl ein Grossteil des chirurgischen Eingriffs fachlich äusserst präzise durchgeführt worden war. Einzig bezüglich des Todeszeitpunktes waren die Gutachten unterschiedlich abgefasst. Dasjenige von Professor Dr. Armin Söder, den Unterlagen nach einem der besten Herzchirurgen im deutschsprachigen Raum, sah diesen 15 bis 20 Stunden früher als die anderen beiden. Es galt jedoch anzumerken, dass Professor Söder kein Rechtsmediziner war und daher selten zu solchen Tatbeständen befragt wurde. Reidter würde Gruber bitten, diesen Punkt genauer abzuklären, auch wenn es wohl keinen Sinn machte, hatte doch die Leiche des Tschechen mindestens zwei Nächte im feuchten Wald gelegen. Und es machte zudem den Anschein, als ob sich auch noch Wildtiere am toten Körper bedient hatten.

Reidter und Gruber hatten in den vergangenen Tagen stundenlang über den Fällen gegrübelt und nach einem Muster gesucht, welches es aber nicht zu geben schien. Tatorte in Finnland, Spanien, Italien und der Schweiz machten keinen Sinn. Die Europakarte in Reidters Büro mit den roten Fähnchen für jeden Tatort machte dann auch einen eher trostlosen Eindruck. Waren wohl in allen Fällen dieselben Chirurgen als Täter am Werk gewesen? Oder handelte es sich um gänzlich unterschiedliche Explantationsteams? Und wie wurden die Opfer ausgewählt? Und wo und wie wurden die Organe transplantiert? Die SOKO HERZ wusste auf all diese Fragen keine

Antworten und hatte nicht den geringsten Anhaltspunkt.

Gruber hatte auch schon alle europäischen Transplantationszentralen betreffend allfälliger Unstimmigkeiten in den Wartelisten für Herztransplantationen kontaktiert. Wie zu erwarten gewesen war, ohne Erfolg. Es hätte ja tatsächlich sein können, dass ein reicher Patient auf der Warteliste von der Organisation angegangen worden war und gegen einen siebenstelligen Eurobetrag ein neues Herz bekommen hätte. Aber auch hier war alles korrekt verlaufen. Die Kriminellen mussten also auf einem anderen Weg zu ihren Patienten kommen. Und das hiess konkret, bevor jemand auf eine offizielle Warteliste kam. Gruber hatte sich vorgenommen, die Zuweisungen von Patienten auf die Wartelisten zu überprüfen, auch wenn dies der sprichwörtlichen Suche nach der Stecknadel im Heuhaufen gleichkam. Vielleicht liess sich ja gerade hier ein Leck finden. Zuversichtlich und weiterhin motiviert machte er sich an diese Aufgabe.

Davos, Schweiz
17. Mai

Dr. Raeto Gander startete kurz nach Mitternacht seinen Computer und loggte sich im Internet Banking der Graubündner Kantonalbank ein. Hastig klickte er auf eines seiner Sparkonten. Sekunden später begannen seine Augen zu glänzen. Vor wenigen Stunden waren von einem Bankkonto auf den Cayman Islands die vertraglich abgemachten 2 Millionen Dollar überwiesen worden.

Bonaduz, Schweiz
18. Mai

Dr. Cordula Caflisch wusste noch immer nicht, wie ihr geschah. Eben hatte sie einen Anruf ihres früheren Studienkollegen Dr. Raeto Gander erhalten. Eine Million Schweizer Franken hatte er ihr in Aussicht gestellt. Das war viel Geld für eine Landärztin. Dafür musste sie hier fast sieben volle Jahre arbeiten. Würde sie sich verleiten lassen? Nein, sie würde es nicht tun! Es war Mord! 'Aber wieso eigentlich nicht?', dachte sie bereits wenige Sekunden später wieder. Bevor ihr noch schwindliger wurde, löste sie eine Beruhigungstablette in einem Glas Leitungswasser auf und trank es hastig. Eine Million Schweizer Franken für ein Herz, für eine weibliche Person mit Body Mass Index zwischen 20 und 22, Blutgruppe A, Rhesusfaktor positiv, Alter circa 40 Jahre, Grösse circa 1 Meter und 70 Zentimeter, abzuliefern am 21. oder 22. Juli. Raeto Gander hatte ihr zudem weitere Unterstützung zugesagt. Alles sei doch ganz einfach. Dies hatte er mehrfach betont. Hatte er etwa bereits Erfahrung damit oder spielte er nur den Vermittler? Caflisch wusste es nicht. Sicher würde Gander auch dabei verdienen. Und vielleicht war er ja dabei als einziger aus dem Schneider. Aber für sie ging es um eine Million Schweizer Franken. Etwas, wovon viele Menschen jede Woche beim Schweizer Zahlenlotto oder bei den Euromillions träumten. Und bei ihr könnte der Traum ohne grossen Aufwand schon bald Wirklichkeit werden. Aber es war und blieb Mord.

Die Tablette zeigte rasch ihre gewünschte Wirkung und Caflisch konnte wieder klar denken. Gander hatte sie nicht drängen wollen. Gleichwohl wollte er bereits am nächsten Morgen wieder anrufen und ihre Entscheidung bis dahin erzwingen. Caflisch schluckte noch eine zweite Beruhigungstablette und machte sich dann auf den Heimweg ins benachbarte Rhäzüns. Sie ahnte, dass es eine schlaflose Nacht werden würde.

New York, USA
18. Mai

Dr. John McCline hatte eben einem weiteren Patienten ein Herz transplantiert. Leider hatte einmal mehr die Qualität des Organs zu wünschen übriggelassen und dies hatte zu Komplikationen geführt. Der Patient war dabei haarscharf dem Tod entronnen. Bereits einmal hatte ein Patient die Operation nicht überlebt und McCline hatte sich die in Aussicht gestellten zwei Millionen US Dollar ans Bein streichen müssen.

McCline hatte gehört, dass auch sein Berufskollege in der Schweiz mit den Chinesen nicht zufrieden war. Er nahm sich fest vor, Söder am nächsten Morgen zu kontaktieren, wenn es in der Schweiz Nachmittag war. Vielleicht konnten sie gemeinsam Druck auf die Chinesen machen. Zuvor wollte er aber Jiang Xiaho eine E-Mail schreiben und seiner Unzufriedenheit Ausdruck geben. Bei den Chinesen musste man äusserst vorsichtig und sehr diplomatisch auftreten, sonst konnte man schon bald selber einmal auf der Liquidationsliste landen. Und dies wollte McCline vermeiden, gedachte er doch noch einige Jahre für die Organisation tätig zu sein, bevor er sich wieder schöneren Dingen im Leben zuwenden wollte.

Bonaduz, Schweiz
19. Mai

Cordula Caflisch hatte sich nach einer langen und nahezu schlaflosen Nacht entschieden. Die zierliche Ärztin hatte lange mit sich gerungen. Letztlich hatte aber auch bei ihr der Mammon und die Aussicht auf ein sorgenfreies Leben obsiegt. Als Raeto Gander wie angekündigt angerufen hatte, teilte sie ihm dies mit, wenn auch noch mit einem etwas zögerlichen Bekenntnis. Ja, sie war gewillt mitzumachen. Sie brauchte aber noch etwas Zeit, um eine geeignete Patientin in ihrem Kundenstamm ausfindig zu machen. Und dann musste sie ja auch noch einen Vorwand suchen, um die ausgewählte Frau in die Praxis aufzubieten. Am einfachsten würde es wohl sein, wenn sie einen Medikamententest mit der entsprechenden Zielgruppe, zum Beispiel Frauen einer gewissen Alterskategorie, glaubhaft machen konnte.

„Cordula, was zögerst Du?", versuchte sie Gander zu bedrängen. „Es sollte doch wahrlich kein Problem sein, innert einer Woche eine geeignete Patientin ausfindig zu machen. Du kennst doch deine Klienten bestens."

„Gib mir doch noch etwas Zeit, Raeto. Es ist wirklich alles sehr überraschend gekommen. Aber ich werde mitmachen, das habe ich ja zugesagt", antwortete Caflisch.

„Also gut, ich versuche es für Dich einen Monat aufzuschieben. Es wird meinen Geldgebern nicht gerade passen. Ein Monat ist eine lange Zeit und Du könntest zu einem Leck werden, wenn Du einen Rückzieher machen würdest. Und auch ich gehe ein grosses Risiko ein. Aber glaube mir, es hat alles bestens geklappt und das Geld ist minutengenau überwiesen worden. Danach werde ich mich auch zur Ruhe setzen. Die Schweiz ist zu schön und das Leben zu kurz, um bis 70 zu arbeiten."

„Da hast Du Recht, aber ich brauche diese Zeit wirklich. Ich mache keine halben Sachen, Du kennst mich ja von früher. Entweder ist man voll und ganz dabei oder aber man lässt es bleiben. Das war schon immer meine Devise", entgegnete Caflisch.

„Ja, ja, davon bin ich überzeugt. Sonst hätte ich ja auch nicht Dich kontaktiert, stell Dir das mal vor. Nun gut, wenn Du nichts mehr von mir hörst, werde ich Dich in circa zwei Wochen wieder anrufen. Bis spätestens am 1. Juli müssten wir dann alles geplant haben. Ich werde Dir dann auch das genaue Vorgehen für die Entsorgung der Leiche erklären. Das ist natürlich wie bei jedem Mord die grösste Herausforderung."

Mit diesen letzten Worten legte Gander auf. ‚Mord', hatte er gesagt. Caflisch musste sich setzen, ihre Knie schlotterten. Es war ihr in jenem Moment wieder bewusst geworden, auf was sie sich eingelassen hatte. Sie versuchte es wie in der vergangenen Nacht zu verdrängen, aber es gelang ihr nicht. Es war und blieb Mord. Kaltblütiger Mord um des Geldes wegen. Aber jetzt konnte und wollte sie nicht mehr zurück. Wieso wusste sie auch nicht. Bis gestern hätte sie so etwas für unmöglich gehalten, aber jetzt war es fast von einer Minute auf die andere geschehen. Und sie hatte sich nicht widersetzen können. Langsam stand sie auf und löste zwei Beruhigungstabletten in etwas Wasser auf. Hastig trank sie das Glas aus und fühlte sich schon bald wieder besser. Zum Glück war man als Arzt an der Medikamentenquelle und brauchte sich nie zu rechtfertigen. So eine Selbstanamnese war halt doch ganz praktisch. Es würden für eine lange Zeit nicht die letzten Tabletten gewesen sein.

Wenige Minuten später war Caflisch bereits in ihrer Praxis und empfing wie gewohnt ihre Patienten. Ihrer Praxisassistentin jedenfalls schien die ungewohnte Nervosität ihrer Vorgesetzten zum Glück nicht aufzufallen. Bis am Abend war die 10er-Packung Beruhigungstabletten dann aufgebraucht.

Bern, Schweiz
7. Juni

Söder hatte die letzten beiden Wochen fast ununterbrochen gearbeitet. Zuerst war er für einen erkrankten Kollegen drei Tage eingesprungen und dann noch zwei weitere Tage für seinen Vorgesetzten, welcher ungeplant zu einem Treffen mit deutschen Herzchirurgen nach Berlin beordert worden war. Zum Glück war er dabei täglich dem Schalk der Assistenzärztin Caroline Wyss ausgesetzt gewesen. Mit ihrem schwarzen Humor hielt sie ihn jeweils bestens bei Laune. Manchmal fragte sich Söder sogar, ob sie die Nachfolgerin von Leandra sein würde. Wie hiess doch das Sprichwort: 'Was sich liebt, das neckt sich.' Aber im Moment hatte es keinen festen Platz für eine Frau in seinem Leben, genauer gesagt in seinem Doppelleben. Schon morgen würde er wieder wie ein Geheimagent in Gstaad untertauchen und seinen Geschäften nachgehen. Er hatte damals A gesagt, nun musste er auch B sagen. Und dies hiess, mindestens noch zwei Jahre voll durchziehen, damit Aufwand und Ertrag stimmen würden. Aber es galt, sich diese Frau warm zu halten. Er nahm sich vor, sie im Juli einmal zum Nachtessen einzuladen. Sondieren konnte er ja alleweil. Aber er glaubte, dass sie gar nicht so abgeneigt sein würde. Dafür hatte sie ihm auch schon gewisse Signale gesendet. Er hatte versucht, diese jeweils entspannt zu ignorieren.

Gegen 17 Uhr verliess Söder die Insel und fuhr in seine Wohnung nach Köniz. Er hatte nun zwei Wochen frei. Eine Woche dauerten die offiziellen Ferien und eine Woche seine obligaten Freitage. Er musste einiges Material vorbereiten und gedachte, erst am nächsten Morgen früh nach Gstaad zu fahren. In der ersten Woche wollte er auf der zweiten Ebene in der Festung mit 30 Handwerkern eine Art Blitzrenovation durchführen und alle Büros, die Wasch- und Aufenthaltsräume sowie die Zugänge zu den Geschützstellungen in Stand stellen. Er erachtete dies als reine Vorsichtsmassnahme, hatte der Gemeindepräsident von Gstaad vor zwei Wochen erneut angefragt und um eine offizielle Besichtigung gebeten. Offenbar zur Beruhigung der verschiedenen politischen Parteien im Dorf. Man respektierte und schätzte Söders Wirken zwar, wollte aber doch irgendwie Rechenschaft über das militärische Objekt aus dem 2. Weltkrieg, obwohl man ja eigentumsrechtlich keinerlei Ansprüche mehr hatte. Aber die Parteivertreter machten dennoch ein gewisses öffentliches Interesse geltend. Schliesslich wollte die Gemeinde nach der Renovation ja auch einige Geldmittel in die Vermarktung der Festung Horn einfliessen lassen. Dieser ungeplante Teil der Renovation kam Söder somit ziemlich quer. Aber vielleicht hätte er sich im Vorfeld des Kaufes der Festung klarer positionieren sollen. Letztlich spielte es keine so grosse Rolle. Wenn durch diese Massnahme Ruhe auf dem politischen Parkett in der Gemeinde einkehrte würde, wäre der Zweck ja erfüllt. Und man konnte bei Bedarf das obere Stockwerk auch anderen interessierten Kreisen zeigen. So gesehen war die direkte Verbindung vom unteren Eingang in die zweite Ebene Gold wert. Nicht auszudenken, wenn jemand das wahre Innere der ersten Ebene gesehen hätte.

Die Arbeiten in der zweiten Ebene mussten bis spätestens Samstagmittag abgeschlossen sein. Denn dann erwartete Söder bereits wieder Dirk Felder mit seinem Team. Bevor die Patienten in der Folgewoche am Mittwoch und Donnerstag eintreffen würden, wollten sie zwei neue Herz-Lungen-Maschinen testen. Söder hatte die topmodernen Geräte vor wenigen Wochen über einen Drittkanal in den USA gekauft und illegal einführen lassen. Damit waren die Operationssäle in der Festung Horn technisch gesehen auf dem absolut neuesten Stand. Nicht einmal die Insel oder das Universitätsspital in Zürich konnten hier mithalten. Söder erhoffte sich von den neuen Herz-Lungen-Maschinen vor allem eine erhöhte Überbrückungszeit, für den Fall, dass es einmal zu Komplikationen kommen sollte. Dies konnte zum Beispiel dann der Fall sein, wenn eine Operation noch am Laufen war, währenddem ein anderer Patient an einem akuten Herzstillstand litt und der Anschluss an die Herz-Lungen-Maschine die einzige Alternative zum sicheren Tod war.

Söder wollte die Zeit mit Dirk Felder und seinen Mitarbeitenden nutzen, um sie noch mehr in Sicherheit zu wiegen. Für ihn war aber klar: war die Mission einmal erfüllt, mussten Felder und alle Teammitglieder liquidiert werden. So wollte es auch die Organisation, welche sich damit zwangsläufig immer wieder erneuern musste. Söder machte sich darüber noch keine Gedanken, zumal bis dann der Vorsitz von den Chinesen zu den Amerikanern gewechselt haben würde. Und diese liessen in der Regel nichts anbrennen.

An diesem Abend legte sich Söder zeitig zu Bett. Er brauchte dringend Schlaf, um sich nach den anstrengenden Arbeitstagen zu erholen. Und die nächsten 14 Tage würden wohl nicht gerade ruhig verlaufen.

Gstaad, Schweiz
14. Juni

Die obere Ebene der Festung Horn erstrahlte in neuem Glanz. Die erste Umbauetappe war in der vergangenen Woche reibungslos abgelaufen. Gute Handwerker waren zwar teuer, aber allemal ihr Geld wert.

Besonders gelungen war die Gestaltung der ehemaligen Aufenthaltsräume für Offiziere und Soldaten. Die Offiziersmesse würde später von den Besuchern nicht betreten werden dürfen, war doch dort das Originalgeschirr von General Henry Guisan auf dem Tisch platziert. Den grossen Essraum hatte Söder mit modernster Technik ausstatten lassen. Hier wollte er vorgeben, einmal die Besuchergruppen empfangen zu können und ihnen mittels Videos und Filmausschnitten den ersten visuellen Zugang zur Festung zu ermöglichen. Von hier aus würden auch die öffentlichen Rundgänge und die geführten Besichtigungen starten. ‚Viel Geld für Nichts und wieder Nichts', dachte sich Söder. Aber wenn es nicht anders ging, musste man halt auch einmal Kompromisse eingehen. So würde er dann eben zwei Patienten mehr operieren müssen und einen Monat länger arbeiten. Zum Glück wussten nur Felder und sein Team von der wahren, dunklen Identität der Festung Horn.

Söder gedachte den Gemeindepräsidenten bei nächster Gelegenheit einzuladen. Wenn möglich sogar noch Ende dieser Woche, sofern Felder, dessen

Team und die beiden Patienten planmässig am Freitag abreisen konnten.

*** *** ***

Die Tests mit den neuen Herz-Lungen-Maschinen waren erfolgreich verlaufen. Diese verminderten das Gerinnungssystem des Blutes viel weniger als die Vorgängermodelle und mit ihnen liess sich ebenfalls die Körpertemperatur noch feiner regulieren. Wo wäre die Medizin ohne diese Wunderwerke der Technik? Aber Söder und Felder glaubten auch hier an eine weitere Verbesserung in den nächsten fünf Jahren.

Die bisherigen Maschinen hatten sie feinsäuberlich gereinigt und sterilisiert. Sie würden höchstens noch als Ersatzgeräte zum Einsatz kommen und wurden in einem kleinen Raum neben den Notstromaggregaten eingelagert.

Alles war bereit für die beiden Patienten, welche am Mittwoch und Donnerstag eintreffen sollten.

Monte Carlo, Monaco
15. Juni

Im Juni hatte es bis anhin nur einmal geregnet. In einer finsteren verwinkelten Gasse in Monte Carlo vergammelten die altersschwarzen Häuserblocks, der Gestank der überquellenden grauen Kunststoffmülltonnen lag bestialisch in der fahlen und feuchtschwangeren Luft.

Inspecteur Jean-Jacques Legrand hatte seinen Wagen eingangs der ‚Ruelle Mondrago' geparkt und war die letzten Meter zu Fuss zum Haus Nummer 69 gelaufen. Als Schutz gegen den ‚odeur' hatte er ein Taschentuch vor Mund und Nase gepresst. Im Wagen hätte er noch Vogel- und Schweinegrippe-Pandemiemasken gehabt. Der kurze Weg zurück zum Auto war ihm aber bereits zu lang gewesen. Er hielt es dabei mit Churchill: ‚No sports!'

Legrand war an diesem Sonntagmorgen vom Morddezernat des Arrondissement 7 der einzige diensthabende Offizier auf Pikett gewesen, als der Anruf aus Haus Nummer 69, Ruelle Mondrago, eingegangen war. Eine ältere Dame hatte hysterisch etwas von Mord ins Telefon geschrien und schien nach Bekanntgabe von Name und Adresse ohnmächtig geworden zu sein. Jedenfalls hatte sie den Hörer nicht aufgelegt und sich auch auf die mehrmalige Aufforderung seitens Legrands nicht mehr gemeldet.

Unverzüglich hatte Legrand im Büro Verstärkung angefordert. Bis jedoch die anderen Kommissare da sein würden, konnte es noch eine Zeit lang dauern.

Inspektor Legrand schaute sich in der muffigen Gasse um. Nichts deutete auch nur im Geringsten auf einen Mord hin. Nur schwarze Häuserfronten mit kleinen, dreckigen Fenstern. Kein Farbtupfer soweit das Auge reichte. Vor Haus Nummer 69 machte er Halt und besah sich die Namen der Bewohner an den verwitterten Briefkästen. Madame Marie L. Faberger, welche angerufen hatte, wohnte in der dritten Etage. Es fanden sich zudem zwei weibliche und drei männliche Namen. Zwei der Männer mussten aus Afrika stammen, was für Monte Carlo aber keine Besonderheit darstellte.

Legrand trat durch die offene Eingangstüre und steckte im modrigen Treppenhaus sein Taschentuch ein. Über die morschen Stiegen gelangte er zur Türe von Marie L. Faberger. Er klopfte energisch, da er keine Klingel vorfand. Nach einer Minute, die ihm wie eine Ewigkeit vorgekommen war, öffnete sich die Türe mit einem Quietschen, nachdem zuvor die Kette eines Vorhängeschlosses ausgehängt worden war.

„Endlich, endlich, mein Gott, bonjour, Monsieur l'inspécteur", stammelte die nun sichtlich erleichterte, wirklich alte Dame. Sie mochte gegen Neunzig gehen und schien nicht mehr gut zu Fuss. Als Mörderin kam sie wohl kaum in Frage.

„Was ist passiert?", fragte Legrand dienstbeflissen.

„Kommen Sie doch zuerst herein", antwortete Madame Faberger.

Legrand folgte ihr in die antiquarisch ausstaffierte Wohnung und setzte sich an den Esstisch. Madame Faberger brachte zwei Tassen Grüntee und einige

Kekse. Legrand biss herzhaft in das trockene Gebäck.

„Also noch einmal, was ist passiert?", doppelte Legrand nach.

„Mademoiselle Eve Jolissaint, meine Nachbarin in der Wohnung unter mir, ist fünf Minuten vor meinem Anruf ermordet worden. Ich habe ausser einem schrillen Schrei nichts gehört. Dann war es ruhig und jemand ist die Treppe hinunter gehetzt. Leider kann ich nicht mehr gut laufen und als ich unten war, war bereits niemand mehr zu sehen. Die Wohnungstür stand offen und so bin ich hineingegangen, um zu helfen. Aber sie war bereits tot. Sie liegt nackt im Bett, alles im Schlafzimmer ist blutüberströmt, die Wohnung aber sonst unberührt. Ich weiss nicht, wer es gewesen sein könnte. Mademoiselle war immer allein zuhause und hatte nie Besuch. Glauben sie mir das, mon commissaire. Ich hätte das gewusst!"

„Und wenn es Selbstmord war?", fragte Legrand.

„Nie und nimmer! Aber ganz bestimmt nicht! Nein, nein, Eve war immer ganz fröhlich und aufgestellt. Sie sprühte förmlich vor Lebenslust. Mein Gott, Herr Kommissar, glauben Sie mir, sie wurde brutal ermordet." Marie L. Faberger musste sich setzen, so viel Kraft hatten sie die letzten Minuten gekostet.

Inspektor Legrand beruhigte die alte Dame und begab sich dann alleine in die zweite Etage. Die Türe zu Eve Jolissaints Wohnung stand immer noch offen. Er trat ein. Es war fast alles, wie es die Alte beschrieben hatte. Die Wohnung schien gänzlich unangetastet, einzig die Bettlaken waren voller Blut. Nur eine Tote fand er nicht vor.

Es dauerte ziemlich lange, bis die Kollegen der Spurensicherung auf Platz erschienen. Sie waren direkt von einem Einsatz im Casino in die ‚Ruelle Mondrago' gekommen. Kurz zuvor waren zum Glück bereits die Kollegen Nardi und Dauphin am Tatort eingetroffen. So konnte Legrand Nardi als Kontrolle an der Eingangstüre postieren, hatten sich doch bereits erste Schaulustige vor dem Haus eingefunden. Er war immer wieder erstaunt, wie schnell und über welche Kanäle sich ein Verbrechen herumsprach und welche Personengruppen sich dafür interessierten. Die Presse mochte ja noch gehen, aber alle diese wildfremden anderen Menschen? Wahrscheinlich, nein es musste so gewesen sein, hatte die alte Faberger die Nachricht verbreitet. Und wenn zwei Personen ein Geheimnis kannten, war es schon bald kein Geheimnis mehr.

Die Kollegen von der Spurensicherung arbeiteten wie immer ruhig und konzentriert. Legrand wusste, dass er bereits in wenigen Minuten erste Resultate erhalten würde. So ging er mit Dauphin nochmals zu Marie L. Faberger hoch. Vielleicht war ihr doch noch etwas zu entlocken.

Shanghai, China
16. Juni

Dr. Tai Huifeng blickte gedankenversunken über die Skyline von Shanghai. Seine Blicke liessen ihn immer wieder an der roten Kugel des Fernsehturms stocken. War das so etwas wie die aufgehende Sonne? Er wusste es nicht und sinnierte weiter. Morgen würde ihm die Organisation ein weiteres Herz liefern. Und schon 48 Stunden später würde er wieder um 2 Millionen Dollar reicher sein. Es war wirklich ganz einfach. Man musste nur die richtige Ausbildung besitzen und schon flossen einem die Geldströme zu. Er würde jetzt noch ein, zwei Bier trinken und sich dann zu seinem geheimen Operationssaal in einem Vorort der Metropole begeben. Dort wartete bereits sein Team auf ihn. Nach bald zwei Jahren schien sich bei Tai Huifeng eine gewisse Routine einzuschleichen. Jeden Monat zwei illegale Herztransplantationen und damit hatte es sich. Wieso sich stundenlang in einem Spital abmühen, nicht die geringste Anerkennung für seine Arbeit bekommen, wenn es auch ganz einfach ging?

Eine Stunde später beglich Tai Huifeng beim Barkeeper der Roof Top Bar 'Crystal Moon' seine Rechnung und machte sich dann mit dem Lift vom 48. Stock in die Tiefgarage. Zwei arbeitsintensive Tage standen ihm bevor.

*** *** ***

Die zierliche Pu Junwei war seit gestern auf einer ihrer zahlreichen Geschäftsreisen in Shanghai. Wie immer war sie von ihrer Unternehmung im 'Pudong Hotel' untergebracht worden. Pu Junwei arbeitete als Verkaufsleiterin für eine chinesische Schmuckfirma. Sie war 28 Jahre alt und ging voll in ihrem Job auf. Und mit ihren hervorragenden Verkaufszahlen der letzten beiden Jahre durfte sie sich berechtigte Hoffnungen auf den Aufstieg zur Verkaufsleiterin in Südkorea und Japan machen. Das hätte vor ihr und in ihrem Alter noch keine Frau geschafft. Heute Abend wollte sie sich mit einer Freundin zum Nachtessen treffen. Sie freute sich darauf, war es doch eine seltene Gelegenheit, sich wieder einmal von Frau zu Frau auszutauschen.

Pu Junwei blickte von ihrem Zimmer im 20. Stock hinab auf den Huangu River, als es an der Zimmertüre dreimal energisch klopfte.

„Room Service, please. Message for you", hörte sie es von draussen freundlich rufen.

Im Moment, als sie die Türe öffnete, wurde sie gleich von zwei Männern überwältigt. Der eine drückte ihr grob seine riesige Hand auf den Mund, sodass sie keinen Laut von sich geben konnte. Sie versuchte, dem Angreifer in die Hand zu beissen. Aber er presste seine Pranke so heftig auf ihr fragiles Gesicht, dass auch dies ein Ding der Unmöglichkeit war.

Innert Sekundenbruchteilen waren die beiden Männer in ihr Zimmer eingedrungen. Ein weiterer

Helfer stand als Liftboy getarnt diskret im Korridor vor dem Zimmer. Die Luft war rein und niemand hatte etwas mitbekommen. Über ein kleines Mikrofon signalisierte er dies seinen beiden Komplizen im Zimmer. Diese hatten Pu Junwei in der Zwischenzeit bereits ein Betäubungsmittel gespritzt. Reglos lag sie am Boden. Die beiden Täter leerten hastig den blauen Reisekoffer. Nachdem sie die Frau an Händen und Füssen gefesselt und ihr mit einem festen Klebeband den Mund verschlossen hatten, packten sie Pu Junwei unsanft in den Koffer und verschlossen diesen zur Sicherheit mit einem kleinen Zahlenschloss.

Nachdem der Komplize im Gang grünes Licht signalisiert hatte, machten sich die beiden Männer mit dem Koffer auf den Weg. Mit dem Lift fuhren sie direkt in die Tiefgarage des Hotels und von da mit einem blauen Zhejiang Jonway, einer chinesischen Toyota RAV4-Kopie, sofort in die etwas mehr als einen Kilometer entfernte Hankou Strasse. Im Haus Nummer 18 wurden sie bereits erwartetet. Leise schloss sich das Garagentor hinter dem Wagen.

*** *** ***

Wenige Stunden später war an der Hankou Strasse ein Grossaufgebot an Polizeikräften anzutreffen. Ein Anwohner hatte zuerst einen Schrei gehört, sich aber dann nichts weiter dabei gedacht. Als er jedoch etwa drei Stunden später zufällig sah, wie ihm unbekannte maskierte Personen das Haus Nummer 18 verliessen, hatte er diesen dubiosen Vorfall der Polizei umgehend gemeldet. Diese hatte im Haus Nummer 18 die nackte Leiche einer jungen Frau gefunden. Dabei hatten sie ein Bild des Grauens angetroffen. Die linke Brust der Frau war aufgeschlitzt und der Brustkorb aufgebrochen worden. Dabei war der Toten das Herz entnommen worden.

*** *** ***

Bereits wenige Stunden nach dem Fund der Leiche hatte diese identifiziert werden können. Im 'Pudong Hotel' hatte eine Frau nach Pu Junwei gefragt. Als sie im Zimmer nicht antwortete, hatte sie den Hoteldirektor gebeten, doch im Zimmer nachzusehen. Neben den am Boden liegenden Kleidern hatten sie eine Injektionsspritze gefunden und aus diesem Grund sofort die Polizei verständigt. Und als die Leiche gefunden worden war, war es für die Polizei nur naheliegend gewesen, die beiden Meldungen miteinander in Verbindung zu bringen.

Bereits wenige Stunden nach der Tat hatte Interpol China den Mord in die Zentrale nach Lyon gemeldet. Und diese hatte unverzüglich Josef Reidter in Wien alarmiert. Dieser loggte sich noch in den frühen Morgenstunden in die Datenbank ein und studierte den vorliegenden Bericht aus China. Es waren nur rudimentäre Angaben vorhanden, aber alles liess nun die Dimensionen der Organisation so gross wie vermutet erscheinen. Es musste sich um ein weltweites Netz handeln.

Gstaad, Schweiz
18./19. Juni

Die beiden Herztransplantationen dieser Woche waren problemlos verlaufen. Söder war mit den qualitativ hochstehenden Spenderorganen sehr zufrieden gewesen, obwohl die Organisation in einem Fall auch wieder von einem seiner Tipps profitiert hatte.

Beim ersten Patienten hatte es sich um einen ehemaligen Profi-Eishockeyspieler aus Kanada gehandelt, welcher nach langjähriger NHL-Tätigkeit für einige Jahre am Ende seiner Karriere in der Schweiz noch für sehr gutes Geld gespielt hatte. Bei Ihm war erst ganz am Schluss seiner Laufbahn ein irreparabler Herzfehler diagnostiziert worden. Er konnte dabei von gut Glück reden, nie bei der enormen sportlichen Belastung auf dem Eisfeld zusammengebrochen zu sein.

Die zweite Patientin dieser Woche war eine betuchte ältere Dame von der Goldküste am Zürichsee gewesen. Sie hatte seit einigen Jahren an Herzinsuffizienz gelitten und war vor nicht langer Zeit vom Universitätsspital Zürich zu weiteren Abklärungen ans Inselspital nach Bern überwiesen worden. Immerhin funktionierte die Zusammenarbeit auf dieser Ebene hervorragend. Der Konkurrenzkampf zwischen den Herzzentren wurde oftmals nur in den Medien hochgespielt. Aber daran hatten sich die Götter in Weiss längst gewöhnt.

Für Söder war es somit ein Leichtes, jeweils an finanzkräftige Herzpatienten zu gelangen. Sie mussten ja gewissermassen bei ihm vorbei und es galt nur, relativ rasch eine sorgfältige Triage zu machen und die arme Spreu vom millionenschweren Weizen zu trennen. Nebst einer gewissen übertriebenen Einschüchterungstaktik musste nur noch dafür gesorgt werden, dass keiner der todgeweihten Patienten aus irgendeinem Grund auf die offizielle Warteliste gelangte. Dies war nicht ganz einfach, hatte Söder doch keinen einzigen Eingeweihten auf der Insel. Gewisse Dokumente und Untersuchungsergebnisse mussten daher bereits in einem frühen Stadium geändert, gefälscht oder mehrfach mit unterschiedlichem Inhalt angelegt werden. Das allerwichtigste Puzzleteilchen war jedoch der Herzpatient selber. Er musste absolut verschwiegen sein und bedingungslos kooperien. Es hiess, gute Miene zu bösem Spiel zu machen und als Todkranker einen gesunden Menschen vorzutäuschen.

Am Freitagmorgen war nach den beiden Patienten auch Dirk Felder mit seinem Team abgereist. Während der arbeitsfreien Zeit logierten sie inkognito in zwei Wohnungen in einer grösseren Walliser Gemeinde, sodass sie nie in Gefahr gerieten, aufzufallen. Am meisten Mühe bereitete natürlich allen die Tatsache, dass sie so viele freie Zeit zwischen den monatlichen Einsätzen hatten. Aber sie waren alle von der Idee getrieben, dies nur für einige Jahre machen zu müssen. Dann wären auch sie finanziell bis ans Lebensende abgesichert.

Söder hatte gleich nach dem Mittagessen im Palace Hotel den Gemeindepräsidenten angerufen und ihm eine Besichtigung der Festung 'Horn' angeboten. Hocherfreut hatte dieser zugesagt, sich aber gleich eine Einladung für eine Gemeinderatsdelegation erbeten. Söder hatte generös zugestimmt. Da der Gemeindepräsident gewisse Rücksprachen machen musste, wurde der Termin auf den Samstagvormittag gelegt. Dann konnten mit Sicherheit auch alle kommen.

*** *** ***

Mit sichtlichem Stolz hatte der Gemeindepräsident, eine fünfköpfige Gemeinderatsdelegation in seinem Schlepptau, das Palace Hotel betreten und war stracks auf den bereits wartenden Söder zugesteuert. Nach einer überschwänglichen Begrüssung seitens der Lokalpolitiker war man dann mit zwei Autos zur Festung Horn gefahren. Mit hoch erhobenem Haupt war der Gemeindepräsident auf der ihm von Söder höchstpersönlich geöffneten Beifahrerseite in den VW Phaeton eingestiegen. ‚Was für ein Gockel, wenn der nicht noch gleich ein Ei legt…', dachte sich Söder im Stillen.

Die Besichtigung verlief aus Söders Sicht reibungslos, bis die einzige Gemeinderätin, an deren Parteizugehörigkeit sich Söder bereits wieder nicht mehr erinnern konnte, das Wort ergriffen hatte.

„Lieber Herr Professor Doktor Söder, könnten wir nicht noch ganz kurz nach unten gehen? Wissen Sie, ich möchte so gern wieder einmal den alten Operationssaal sehen. Mein Vater war auch Arzt wie Sie und solche Räumlichkeiten haben seit jeher auf mich eine unbeschreibliche Faszination ausgeübt. Ich bin als Kind oft im Spital gewesen, auch wenn das nicht so gerne gesehen wurde. Ich bin gewissermassen mit der Spitalluft aufgewachsen", plapperte die rundliche Mittfünfzigerin.

„Sehr gerne ein anderes Mal", antwortete Söder, der auf eine solche Frage vorbereitet gewesen war. „Aber leider mussten wir unten aus Sicherheitsgründen den Strom abstellen und es liegt daher alles im Dunkeln. Irgendwo von den Geschützstellungen Nord her muss Wasser eingedrungen sein. Glauben Sie mir, es wäre schon etwas gefährlich, mit einer Taschenlampe im knöcheltiefen Wasser herumzuwaten. Und wir wollen doch Nichts riskieren, nicht wahr?"

Zum Glück pflichteten ihm die Mitglieder des Gemeinderates unisono bei. Sie hatten genug gesehen und waren erfreut über ihr künftiges touristisches Bijoux, für welches sie kräftig die Werbetrommel rühren wollten.

Zurück im Palace Hotel genehmigte man sich noch ein Gläschen Champagner auf Kosten der Gemeinde und zu Ehren von Söder. Kurz vor Mittag war dann der Spuk für diesen endlich vorbei und er packte seine Sachen. Ohne Mittagessen war er dann in seine Wohnung nach Köniz gefahren.

*** *** ***

Am Nachmittag war Söder noch kurz bei seiner Wäscherei im Quartier vorbeigefahren und hatte zwei Koffer mit Hemden, Hosen, T-Shirts und Unterwäsche abgegeben. Manchmal benutzte er diesen Service auch vom Palace Hotel, aber eigentlich lag ihm viel an funktionierenden regionalen Kleinunternehmen. Und manchmal genoss er auch einfach den kleinen Schwatz mit dem türkischen Inhaber.

Nach der strengen Woche sehnte er sich einfach nur noch nach Ruhe. Der Dienst morgen Sonntag würde noch früh genug beginnen. Immerhin würde er dann endlich wieder Caroline Wyss sehen. Er nahm sich fest vor, sie in den nächsten Tagen einmal zum Nachtessen einzuladen. Er war sich sicher, dass sie nicht nein sagen würde. Gut, sie war noch jung, aber hübsch und ganz auf ihre Karriere bedacht. Und eine Frau konnte er wirklich wieder einmal an seiner Seite gebrauchen. Er hatte auch schon daran gedacht, wie es wäre, Caroline Wyss in ihrem Team zu haben. Aber Dirk Felder hatte die Idee jeweils verworfen und damit wahrscheinlich Recht gehabt. Wyss in einer Doppelfunktion wäre nicht möglich gewesen. Zu auffällig und zu riskant. Sie hätte am Inselspital künden müssen. Und das hätte sie niemals getan, das wusste Söder nur zu gut. Aber vielleicht war alles ja nur eine Frage der Zeit.

Vom Pizza-Blitz liess er sich kurz nach zwanzig Uhr eine ‚Pizza Maison' kommen, mit viel Rohschinken und Mascarpone mit Petersilie. Dazu genehmigte er sich eine gute Flasche Chianti.

Eigentlich gut gelaunt hatte sich Söder dann an seinen Computer gesetzt und seine wenigen privaten E-Mails durchgesehen. Es fand sich nichts Besonderes darunter. Er wollte nur noch rasch das elektronische Postfach der Organisation checken und sich dann noch zwei lange aufgehobenen Fachzeitschriften widmen. Doch es sollte nicht zur Lektüre kommen. Als er das Codewort zum zweiten Mal mit einer anderen Zahlenkombination eingegeben hatte, fand er eine vertrauliche, signierte und verschlüsselte E-Mail mit höchster Dringlichkeitsstufe. Der Absender war Jiang Xiaho.

Söder musste den Inhalt mehrmals lesen. Er schüttelte dabei langsam den Kopf und seine Wangen wurden trotz dem Rotwein blass. Das durfte doch einfach nicht wahr sein!

Abermals las er den auf Englisch verfassten Text, wie wenn er es nicht glauben konnte:

Geehrter Professor Söder / Hiermit informieren wir Sie über einen ungeplanten Zwischenfall bei einer Aktion in Shanghai / Örtliche Polizei hat Leiche einer jungen Frau mit explantiertem Herzen gefunden / Meldung an Interpol ist nach Quellen bei der chinesischen Polizei bereits erfolgt / Operationsstandort Shanghai wurde für den Moment von uns geschlossen / Bitte im Moment keine weiteren Kontakte über E-Mail an diese Adresse / Alle weiteren Lieferungen für Sie sind ungefährdet, alle weiteren Aktionen im Plan / Vorsichtsmassnahmen gemäss Szenario C wurden getroffen / Bitte eigene Sicherheitsvorkehrungen überprüfen und gegebenenfalls anpassen / Weiterhin viel Erfolg! / Jiang Xiaho

Söder ergriff instinktiv sein Satellitentelefon und wählte die Nummer von Jiang Xiaho. Dieser schien nur darauf gewartet zu haben und nahm bereits nach dem zweiten Rufton ab.

Söder gab ihm keine Gelegenheit, das Gespräch zu eröffnen und sagte nur:

„Jetzt ist Schluss, Jiang! Deine Organisation hat ausgedient und auch die letzten Karten verspielt. Ich werde unverzüglich eine Sondersitzung des Rates einberufen und dort den Wechsel des Vorsitzes beantragen. Und glaube mir: Wenn ich Dich jemals in die Hände kriege, lege ich Dich um!"

Ehe der Chinese auch nur antworten konnte hatte Söder bereits wieder aufgelegt. Jiang Xiaho wusste, dass er es ernst meinte. Er musste handeln. Aber wohin sollte er fliehen?

Söder hatte sich eine weitere Flasche Chianti geholt. Schlafen konnte er nun nicht mehr. Ohne Schlaftabletten stand ihm eine unruhige Nacht bevor. Kurz nach Mitternacht schluckte Söder vier starke Schlaftabletten aufs Mal und legte sich ins Bett. Minuten später hatte das liebliche Bild von Caroline Wyss die chinesische Fratze von Jiang Xiaho verdrängt.

Wien, Österreich
23. Juni

In Wien hatten sich in den vergangenen 24 Stunden die Ereignisse überstürzt. Bereits am 17. Juni war die Meldung eines neuen Mordfalles aus Shanghai eingegangen, welcher mit den anderen Fällen absolut identisch schien und daher unzweifelhaft mit den bisherigen Morden in Verbindung gebracht werden konnte. Reidter und Gruber hatten anschliessend verzweifelt nach einem möglichen Standort der Zentrale der Organisation ermittelt, waren aber zu keinem brauchbaren Ergebnis gekommen. Im Moment standen noch praktisch alle Länder auf der Liste, bei denen organisierter Organhandel in der Vergangenheit eine Rolle gespielt hatte. Einzig Indien kam so gut wie nicht in Frage. Dies hatte Interpol über den indischen Geheimdienst und die indische Bundespolizei bestätigt erhalten. Und eine Korruption der indischen Informanten konnte ebenfalls gänzlich ausgeschlossen werden.

Für Reidter war der Zusammenhang mit den europäischen Fällen auch aus einem anderen Grund gegeben. Die Analyse der Aktenlage aus Shanghai zeigte verblüffende Ähnlichkeit mit dem Organraub in Madrid. Die Herzentnahmen schienen dabei nach dem gleichen Schema in Privathäusern vorgenommen worden zu sein. Er ging auch davon aus, dass die spezialisierten Teams an diesen Örtlichkeiten unter klinisch einwandfreien Bedingungen arbeiten konnten. Wahrscheinlich wurde dabei so etwas wie ein mobiler Operationssaal verwendet. Die Ähnlichkeiten der Fälle waren wirklich frappant und konnten nur in einer einheitlichen Vorgehensweise begründet liegen.

Und dann waren Reidter und Gruber gestern Abend zu einem dringenden Konferenzgespräch mit Vertretern der Zentrale von Interpol aus Lyon gerufen worden. In Amerika hatte sich beim FBI ein Informant gemeldet, welcher über die alle Mordfälle bestens im Bild zu sein schien. Dieser Überläufer hatte 8 Millionen Dollar sowie Amnestie gefordert. Offensichtlich war das Geld dann relativ rasch bezahlt worden und die amerikanische Regierung hatte dem Verräter die Zusicherung des Straferlasses gemacht. Reidter hatte sich gefragt, aus welcher Quelle wohl das Geld stammte. Aber die Amerikaner wollten dies natürlich unter keinen Umständen preisgeben. Mit Sicherheit handelte es sich nicht um das FBI selber. Aber die Kenntnis der allfälligen Geldquelle spielte auch keine entscheidende Rolle für Reidter. Hauptsache war, dass man verlässlichen Hinweisen nachgehen konnte und die grossen Fische einer derartigen Organisation dingfest machen konnte. Nur so konnte man das weltweite Netzwerk zerschlagen und einen allfälligen Wiederaufbau massiv erschweren.

Reidter hatte anlässlich der Konferenzschaltung den Auftrag erhalten, bis zum heutigen Tag eine personelle Kapazität von zwei Agenten für die nächsten zwei bis drei Monate zu schaffen. Weitere Informationen und Anweisungen sollte er an einem persönlichen Treffen mit dem Leiter von Interpol in Lyon,

Kommissar Jean Girod, erhalten. Dieser befand sich bereits auf dem Weg nach Wien.

„Karl-Heinz, ich glaube, es ist wieder einmal soweit! Bist zu bereit für einen riskanten V-Mann-Einsatz?", hatte Reidter am Vortag Gruber gefragt.

„Nun, Josef, ich habe schon einen gewissen Respekt davor. Aber wenn wir uns wirklich auf verlässliche Quellen stützen können, dann wird schon nichts schieflaufen. Ich bin mal gespannt, wo der Einsatz stattfinden soll. Also China müsste ich nicht unbedingt haben", hatte Gruber geantwortet.

„Diese Wahl wirst Du leider nicht haben, wenn es denn trotzdem so sein sollte. Aber das Land der aufgehenden Sonne hat doch auch seine Reize."

„Das kannst Du gut sagen! Du musst ja nicht gehen", hatte Gruber entgegnet.

„Hast Du aber Erfolg, dann bist Du der Grösste, das garantiere ich Dir."

„Und meine Tage als V-Mann könnten ein für alle Mal gezählt sein. Tja, dann könnte ich es mir ja wie Du in einem netten Büro gemütlich machen", hatte Gruber gealbert.

Neben Gruber sollte noch ein Überwachungsspezialist der Kriminalpolizei in Wien mit Gruber mitgehen. Es war in solchen Situationen wichtig, dass sich der V-Mann nicht auch noch um seinen eigenen Schutz kümmern musste und sich voll auf die Aktion konzentrieren konnte. Nach Rücksprache mit dem Kommandanten der Kriminalpolizei war die Wahl auf einen erfahrenen Grenadier der Sondereinheit ‚Schwarzer Adler' gefallen. Sein Name war Luc Martens. Sie nannten ihn den Unsichtbaren. Martens war immer da, wenn man ihn brauchte, aber nie zu sehen, wenn man nach ihm suchte. Martens schien immer nirgendwo und überall zugleich zu sein.

*** *** ***

Am Abend hatte Reidter dann endlich die weiteren Instruktionen von Jean Girod persönlich erhalten. Die beiden hatten sich in einer Gaststätte beim Eingang zum Wiener Prater getroffen.

„Rate mal, wohin die Reise geht?", hatte er Gruber kurz nach seiner Rückkehr schelmisch gefragt.

„Keine Ahnung, wirklich nicht. Aber wie gesagt: einfach nicht nach China."

„Da kann ich Dich beruhigen! Es geht nämlich gar nicht so weit, Karl-Heinz. Ihr beide fliegt morgen in die Schweiz. Dort könnt ihr euch dann mit Schokolade, Rösti und Fondue vollstopfen", alberte Reidter.

„Fondue isst man doch nur im Winter", entgegnete Gruber sichtlich erleichtert.

„Keine Details, Karl-Heinz. Was ein rechter Tourist ist, isst immer ein Fondue. Jedenfalls kenne ich das auch von meinen Besuchen in Luzern während den Sommermonaten. Und sonst nützt Du eben die Gelegenheit, ein wenig Schwarzgeld anzulegen. Du weisst schon, das Schweizer Bankgeheimnis hat schon alle Stürme und manche Krisen überlebt."

Kurz vor Mitternacht war Gruber im Besitz aller Unterlagen und der Flugtickets nach Zürich für Martens und ihn. Reidter verabschiedete sich herzlich von Gruber und wünschte ihm viel Erfolg für die bevorstehende Aktion.

Bern, Schweiz
24./25. Juni

Gruber und Martens waren am frühen Morgen in Zürich gelandet und sofort mit einer zivilen Polizeistreife nach Bern chauffiert worden. Dort waren sie vom Leiter der Bundespolizei und dem zuständigen Staatsanwalt in einem kleinen Hotel etwas ausserhalb des Dorfzentrums empfangen worden. Aus Sicherheitsgründen sollten im Hotel nur Gruber, Martens und weitere Einsatzkräfte der Bundespolizei untergebracht werden. Einigen Gästen, vorwiegend Touristen aus Holland, hatte man daher ein anderes Hotel angeboten und sie bereits umquartiert. Gruber und Martens hatten ihre Zimmer nebeneinander im 1. Stock erhalten. Diese befanden sich zudem direkt neben der Treppe, welche zur kleinen Rezeption führte.

Gruber und Martens waren in der Folge vom Leiter der Bundespolizei gebrieft worden. Man wollte den Standort der beiden möglichst geheim halten und keine unnötige Aufmerksamkeit erregen. Als nächstes standen zwei Treffen mit dem für die Aktion verantwortlichen Leiter der Schweizer Antiterroreinheit ‚Enzian' und dem Direktor des Berner Inselspitals bevor. Dort arbeitete einer der grossen Fische der Herzmafia scheinbar unbemerkt in einer Teilzeitanstellung. Es handelte sich um einen der arriviertesten Herzchirurgen Europas, Professor Doktor Armin Söder. Zumindest hatte dies der Verräter in den USA so vermeldet. Schon in wenigen Wochen würde man wissen, was an dieser Annahme wahr war.

*** *** ***

Etwas unerwartet hatte das Programm dann noch kurzfristig eine Änderung erfahren. Die Staatsanwaltschaft hatte zu einem vorgängigen Treffen zwischen Gruber und einer Delegation des Schweizerischen Bundesrates einberufen. Dies war Gruber nur recht, wusste er doch so die Regierung in seinem Rücken.

Kurz vor 16 Uhr war Gruber von einer Staatslimousine mit dem Kennzeichen ‚BE 1' abgeholt worden und wie ein Staatsgast ins Bundeshaus chauffiert worden. In einem kleinen Saal mit rotem Teppich und vergoldeten Spiegeln an der Wand war er dann auch bereits von der amtierenden Bundespräsidentin und der Aussenministerin empfangen worden. Zugegen war auch der Leiter des Schweizer Nachrichtendienstes gewesen. Nach einer eher formellen Begrüssung war das Gespräch dann aber äusserst herzlich verlaufen. Die beiden Magistratinnen hatten Gruber dabei wiederholt ihre volle Unterstützung zugesichert. Gruber hatte aber auch gespürt, dass die Schweizer Politikerinnen insgeheim hofften, dass sich der Tipp des Überläufers als unwahr herausstellen sollte. Gruber wusste, dass dies jedoch nur ein frommer Wunsch war. Alle im Raum wussten, dass das FBI keine Geldmittel gesprochen hätte, wenn man nicht hieb- und stichfeste Beweise gehabt hätte. Nein, eines der Zentren der Herzmafia befand sich zweifelsohne in der Schweiz, wenn nicht sogar das grösste und wichtigste.

Das Treffen hatte kaum zehn Minuten gedauert und mit der erneuten Aussage der Bundespräsidentin geendet, wie wichtig der Schweizer Regierung die Kooperation mit dem FBI und die Aufdeckung des Rings sei.

*** *** ***

Gruber wurde im Anschluss an das Treffen mit den beiden Bundesrätinnen von Kurt Imhof, dem Leiter der Antiterroreinheit ‚Enzian' abgeholt und in einen unterirdischen Kommandoraum geführt. Die Schweizer nannten das Gebäude ‚Pentagon'. Imhof und Gruber schienen dieselben Vorstellungen von einem Sicherheitskonzept zu haben und hatten sich daher gleich von Anfang an gut verstanden. Das Sicherheitsdispositiv in Grubers Hotel war einfach, aber zweckmässig. Ebenfalls war bereits geplant worden, Martens in der Gruppe ‚Enzian' fest zu integrieren. Als Beobachter und Gast sollte er nach Aussen wohl einen Sonderstatus geniessen, nach Innen aber Teil der Gruppe sein. Der Leiter der Bundespolizei und zugleich Vorgesetzter von Imhof hatte hierfür bereits die Bewilligung erteilt.

Imhof hatte in der Folge Gruber über den Stand der bisherigen Ermittlungen informiert. Nach dem Informanten musste mit einer weiteren Aktion in zirka drei Wochen gerechnet werden. Es handelte sich dabei um einen Star-Herzchirurgen am Berner

Inselspital, dem hiesigen Universitätsspital. Sein Name war Armin Söder, 38 Jahre alt, alleinstehend, wohnhaft in Köniz bei Bern. Söder war Professor und die unbestrittene Nummer 2 hinter seinem Vorgesetzten, Professor Dres. Theo Karrer. In Gstaad besass Söder im Palace Hotel eine Suite. Vor etwas mehr als zwei Jahren hatte er in Gstaad eine alte Militärfestung aus dem zweiten Weltkrieg gekauft, welche er auf privater Basis umbauen und anschliessend der interessierten Öffentlichkeit zur Verfügung stellen wollte. Die Abklärungen der Bundespolizei bei der Gemeinde Gstaad hatten ergeben, dass der zweite Stock der Festung 'Horn' bereits vollständig umgebaut worden war und man nun an der Sanierung des unteren Stockwerkes arbeitete. Imhof ging natürlich davon aus, dass der Zweck der Festung ein ganz anderer war und dass Söder dort jeweils die illegalen Herztransplantationen durchführte. Söder arbeitete Teilzeit und seine in den Dienstplänen überprüften Abwesenheiten deckten sich mit den bekannten Morden in Helsinki, Civitavecchia, Madrid und Rapperswil-Jona. Imhof ging aber auch davon aus, dass die Dunkelziffer grösser sein könnte. Nicht in allen Fällen hätten die Akteure wohl derart unprofessionell gehandelt.

Im Inselspital war die Bundespolizei seit gestern aktiv an der Durchsicht aller Akten im Zusammenhang mit Armin Söder. Der Direktor der 'Insel', Dr. Beat Born, schien immer noch unter einer Art Schock zu stehen, auch wenn noch nichts hatte bewiesen werden können. Unklar war im Moment auch noch, wie

Söder zu seinen Patienten kam. Diese Frage bildete für den Moment den zentralen Aspekt der laufenden Ermittlungen. Imhof erläuterte Gruber, dass aus diesem Grund noch nicht sicher war, ob man Gruber als V-Mann in der Gestalt eines Herzpatienten im Inselspital einschleusen musste, oder nicht. Im zweiten Fall würde auch die Observation von Söder während seiner freien Tage genügen. Aber bis man das entscheiden konnte, mussten einige hundert Patientenakten durchgearbeitet werden. Hier galt es zuerst nach Patienten von Söder zu ermitteln, welche eine positive ärztliche Diagnose von ihm erhalten hatten, diese dann persönlich zu kontaktieren und auf allfällige Herztransplantationen zu überprüfen.

Nachdem Gruber von Imhof eine vertrauliche Akte von Söder erhalten hatte, wurde er zurück zu seinem Hotel gefahren. Für morgen früh war bereits ein Treffen mit dem Direktor des Berner Inselspitals und Söders Vorgesetzten geplant worden. Nach einem kurzen Telefonat mit Reidter in Wien und der Durchgabe der wichtigsten Informationen waren Gruber und Martens mit dem Bus in die Berner Innenstadt gefahren und hatten ein währschaftes Nachtessen unter den Lauben genossen. Die beiden hatten dabei gedanklich einige mögliche Szenarien durchgespielt, waren aber zu keinem wirklich zählbaren Ergebnis gekommen. Gruber war gespannt auf den morgigen Tag und das Treffen im Inselspital. Vielleicht traf er ja dabei auch auf Söder.

*** *** ***

Obwohl ein gestandener Mann, schien Dr. Beat Born grossen Respekt vor Söder zu haben. Jedenfalls konnte er eine gewisse Nervosität nicht verbergen und kaute andauernd an seinen Fingernägeln. Er war von grosser und korpulenter Statur, ehemaliger Chefarzt Chirurgie und später Leiter eines Kantonsspitals gewesen. Seit er von der Bundespolizei über den Verdacht betreffend Söder in Kenntnis gesetzt worden war, hatte er keine ruhige Minute mehr verbracht. Er hatte auch keine Möglichkeit ausgelassen, die diskret im Spital ermittelnden Beamten davon überzeugen zu wollen, dass Söder aus seiner Sicht unmöglich zu solchen Taten bereit sei. Und so versuchte er dies als erstes auch wieder bei Gruber. Dieser zeigte sich jedoch davon unbeeindruckt und versuchte, den Direktor zu beruhigen. Solange ermittelt würde und es keine handfesten Beweise gäbe, müsse er sich weder um seinen Starmitarbeiter sorgen, noch um die Reputation seines Spitals fürchten.

Beat Born wurde hinter seinem Rücken von den Mitarbeitenden mit dem Übernamen 'B.B.' genannt. Er war an Brigitte Bardot angelehnt, da sich der Spitaldirektor oft äusserst feminin bewegte und divenhaft verhielt.

Bis am heutigen Abend sollten die wichtigsten Nachforschungen in den Akten des Spitals abgeschlossen sein. Gruber hatte mit Befriedigung festgestellt, dass die Schweizer Behörden bis anhin hervorragende Arbeit geleistet hatten. Etwa drei Viertel der in Frage kommenden Patientenakten waren bereits überprüft worden. Und danach würde man bereits mit den Akten aus dem vergangenen Jahr beginnen können. Davon versprach sich Gruber jedoch nur etwas, falls man auch im laufenden Jahr Unstimmigkeiten gefunden hätte. Und wenn es tatsächlich Söder war, der in Gstaad in der Festung 'Horn' geheime Herzoperationen vornahm, dann war es ohnehin nicht länger her. Ausser natürlich, er hätte vor Gstaad auf einem anderen Ort basiert.

Vom Spitaldirektor erfuhr Gruber einige persönliche Dinge über Söder. Es handelte sich dabei vorwiegend um Privates, welches die beiden anlässlich von Kaderanlässen miteinander besprochen hatten. Aber die Herzklinik war zweifelsohne von ihrer Besetzung her ein Flaggschiff des Inselspitals und wurde gerne angeführt, wenn es galt, das Spital ins Rampenlicht zu rücken.

Die gemeinsame Durchsicht der Personalakte von Söder bildete den Abschluss ihrer Besprechung. Mit Ausnahme des relativ komplexen Teilzeitarbeitsvertrages beinhaltete sie aber nichts Ungewöhnliches. Söder war gewissermassen ein unbeschriebenes Blatt. Der Direktor anerbot sich Gruber abermals, bei Bedarf in allen Belangen sofort behilflich zu sein. Gruber bedankte sich artig und verabschiedete sich vom immer noch aufgebrachten Spitaldirektor.

Um zehn Uhr war Gruber mit dem Leiter der Herzklinik, Professor Dr. Theo Karrer verabredet. Es reichte ihm vorher gerade noch für eine Tasse Kaffee im öffentlichen Restaurant des Spitals. Einige wenige

Minuten in Ruhe taten gut, um das Gehörte gedanklich zu verarbeiten.

Im Gegensatz zum Spitaldirektor war Karrer die Ruhe in Person. Auch er war von der Bundespolizei gestern über den Verdacht informiert worden. Gruber schätzte ihn um die Fünfzig, eher etwas jünger. Karrers Haut war braungebrannt, seine Arme und Hände dünn und sehnig. Er schien viel Sport zu treiben.

„Wie würden Sie denn Professor Söder beschreiben?", fragte Gruber, nachdem sich die beiden herzlich begrüsst hatten.

„Fachlich ist er eine absolute Kapazität auf seinem Gebiet. Seine wissenschaftlichen Publikationen sind wegweisend in der Herzchirurgie. Die Insel kann wahrlich stolz sein, einen solchen Mediziner in ihren Reihen zu wissen. Und als mein Stellvertreter in der Klinik macht er auch einen hervorragenden Job. Ich hoffe, er wird einmal mein Nachfolger. Gut, bei Kollega Söder weiss man ja nie. Er hat neben der Medizin auch noch andere Interessen, wie es sein Engagement für die Armeefestung in Gstaad beispielhaft beweist. Und mit seinem Teilzeitpensum zeigt er auch, wie wichtig ihm seine Work-Life-Balance ist, um mal dieses Schlagwort zu strapazieren. Aber ich denke: wenn es einer vorlebt, dann er. Alle anderen arbeiten sich dumm und dämlich und machen Überstunden, was das Zeug hält. Klar, man muss von seiner Arbeit überzeugt sein und in unserem Beruf auf Vieles verzichten. Aber den Meisten von uns fehlt die Zeit zum richtigen Auftanken schon. Und das wären wir eigentlich unseren Patienten schuldig. Entschuldigung, Herr Kommissar, jetzt bin ich ein wenig abgeschweift. Lassen Sie mich auf Söder zurückkommen.

Er ist natürlich auch menschlich ein ganz feiner Typ. Er ist meistens gut gelaunt und eher ruhig, was aber nicht heisst, dass er nicht spassen könnte. Nein, ganz im Gegenteil, mein Team und ich schätzen seine oft ironischen und provozierenden Sprüche. Es grenzt manchmal schon fast an schwarzen Humor. Aber wenn man Söder kennt, ist es natürlich kein Problem."

„Was wissen Sie über sein Privatleben?", unterbrach ihn Gruber.

„Eher wenig. Wenig bis gar nichts. Er hatte mal eine Freundin. Das hat sich aber vor einigen Monaten zerschlagen. Er hat nicht gross darüber gesprochen, aber sie muss ihn mit einem anderen Mann betrogen haben. Zurzeit ist er überzeugter Single, wenn man seinen Äusserungen Glauben schenken darf. Und er ist natürlich viel beschäftigt mit dem Umbau seiner Festung. Das ist eigentlich etwas, was nicht unbedingt zu ihm passt. Aber die Freizeitbeschäftigungen von vielen Menschen sind ja oft auf den ersten Blick erstaunlich. Wissenschaftlich tappen wir hier noch im Dunkeln und es herrscht Klärungsbedarf, wenn eine besondere Beschäftigung nicht familiär vererbt ist. Aber wie dem auch sei, Söder engagiert sich nun einmal dafür. Am ehesten glaube ich, dass er ein historisches Interesse daran hat. Sollten sich aber Ihre

Vermutungen bewahrheiten, dann hat er uns alle gewaltig an der Nase herumgeführt!"

„Sagen Sie mal, Herr Professor: was sind eigentlich die rechtlichen Bedingungen für eine legale Herztransplantation hier in der Schweiz? Und wie läuft diese dann ab?" Diese Aspekte interessierten Gruber besonders.

„Nun, das ist in der Schweiz grundsätzlich nicht anders als in den meisten Ländern dieser Welt. Das Schweizer Transplantationsgesetz lehnt sich daher auch an die internationale Gesetzgebung. Dabei sind die Abläufe einer Organspende im Rahmen einer internationalen Koordination genauestens geregelt. In unserem Fall sind dies die fünf Herzzentren in der Schweiz, welche dem internationalen Verbund angehören. Alle Informationen werden so zentral gesteuert. Die Empfänger auf den Wartelisten sind codifiziert und nur über mehrere unabhängige Sicherheitsstufen namentlich ausfindig zu machen. So können wir einen, sagen wir dem mal legalen Missbrauch verhindern. Ich gehe davon aus, dass Sie die Abläufe auf der Spenderseite bestens kennen. Wo kein Spenderausweis oder eine Patientenverfügung vorliegt, können auch die Hinterbliebenen noch den Willen des in Frage kommenden verstorbenen Spenders kundtun und Organe freigeben. Auch hier sind wir an enge rechtliche Richtlinien gebunden, was auch gut so ist."

„Das ist mir bekannt. Somit muss die Herzmafia zwischen den definierten Abläufen aktiv werden, sprich bevor ein Empfänger auf die offizielle Warteliste kommt. Danach wäre es zu riskant, einen potentiellen Empfänger zu bestechen. Das würde sofort auffallen." Gruber dachte kurz nach und fragte dann: „Arbeitet Professor Söder eigentlich heute?"

„Ja, er hat jetzt Dienst. Möchten Sie mit ihm sprechen?"

„Nein, im Moment nicht, danke. Bis wann dauert denn sein Einsatz?"

„Bis siebzehn Uhr abends. Für morgen sind zwei Operationen geplant. Da schauen wir natürlich nach Möglichkeit auf genügend Erholungszeit", antwortete Karrer.

„Das finde ich sehr vernünftig. Gut, dann hätte ich es für den Moment, Herr Professor. Ich melde mich wieder bei Ihnen, wenn ich etwas brauche."

Nachdem sich Gruber von Karrer verabschiedet hatte, suchte er eine ruhige Ecke in einem Korridor im ersten Stock des Spitals auf und rief Martens an. Dieser sollte sich ab 16 Uhr im Inselspital für die Observation von Söder bereithalten. Gruber selber musste am Abend zum Rapport mit der Bundespolizei. Dort würde sich zeigen, ob man fündig geworden war und ob der Judas mit seinem Tipp recht gehabt hatte. Er war gespannt.

*** *** ***

Um 18.30 Uhr dreissig musste Gruber zu einer Videokonferenz ins 'Pentagon' nach Bern fahren. Sein Schatten Martens war derweil zur weiteren Observation Söders an dessen Wohnort in Köniz geblieben.

Nachdem Gruber in Begleitung von Kurt Imhof die zahlreichen Personenschleusen im Pentagon passiert hatte, wurden sie in einen Videokonferenzraum im Innersten des Hochsicherheitstraktes geführt. Dort wurden sie bereits von Leiter der Bundespolizei, Adrian Amstad, und weiteren hochrangigen Beamten erwartet. Zugeschaltet waren auf zwei kleinen Bildschirmen bereits einerseits die Bundespräsidentin mit der Schweizer Aussenministerin im Bundeshausstudio sowie andererseits Kommissar Josef Reidter, welcher sich im Wiener Studio von Interpol eingerichtet hatte und schon auf den Beginn der Konferenz wartete.

„Nehmen Sie Platz, meine Herren, wir können gleich beginnen", sagte Amstad knapp und wies ihnen zwei Plätze am langgezogenen, ovalen Besprechungstisch zu.

Die Konferenz begann pünktlich mit den Ausführungen von Reidter als Leiter der SOKO HERZ.

„Meine Herren, guten Abend aus Wien. Gerne fasse ich zuerst kurz den aktuellen Stand unserer laufenden Ermittlungen zusammen, damit Sie alle über denselben Wissensstand verfügen.

Zuerst zu den Mordfällen mit Herzentnahmen in Helsinki, Civitavecchia, Madrid, sowie neu in Rapperswil-Jona, Monte Carlo und Shanghai.

Es muss davon ausgegangen werden, dass es sich dabei um Fälle handelt, wo die Akteure der Herzmafia geschlampt haben. Und dies in einem gehörigen Ausmass! Die Dunkelziffer dürfte zudem um einiges höher liegen. Wir haben durch diese bekannten Fälle auch das internationale Netzwerk ausmachen und genauer lokalisieren können. Fast gleichzeitig ist in den USA ein Informant aufgetaucht. Die Recherchen des FBI haben ihn hundertprozentig vertrauenswürdig eingestuft und es wurden ihm umgehend 8 Millionen US Dollar gezahlt. Im Weiteren wurde ihm Immunität zugesichert. An diese Abmachung werden auch wir uns bei unseren weiteren Aktionen halten müssen. Ich stehe hierzu in direkter Verbindung mit dem zuständigen Leiter der Aktion beim FBI und erhalte von ihm laufend die notwendigen Instruktionen.

Die Transplantationszentren des Netzwerkes befinden sich in Shanghai, New York und in der Nähe von Gstaad in der Schweiz. Nach den Informationen von Kommissar Gruber über Dr. Armin Söder und seine, nennen wir es einmal „Festungsinitiative", war uns der Zusammenhang sofort klar, verfügen doch viele Festungen im Alpenraum über kleinere bis mittlere Operationssäle, ja sogar über eigene Spitalabteilungen. Dr. Söder versucht wahrscheinlich, sich auf persönlicher Basis zu rehabilitieren, da ihm der volle berufliche Erfolg leider nicht beschieden war.

Soweit zur allgemeinen Lage. Sind Fragen bis dahin?"

Gruber drückte den roten Knopf bei seinem Mikrofon und wartete auf die Worterteilung.

„Ja, Karl-Heinz, bitte", sagte Reidter.

„Wie sieht es mit konkreten geplanten Aktionen gegen die Transplantationszentren aus?"

„Gute Frage. Gemäss Angaben des Verräters ist der chinesische Teil des Organrings praktisch lahmgelegt. Es sind offensichtlich zu viele Fehler geschehen und die Organisation in China wurde von Söder zurückgebunden. Söder ist übrigens als Letzter zum Netzwerk gestossen und hat operativ erst in den letzten paar Monaten zu Wirken begonnen. Wir schätzen so seit gut einem halben Jahr. Dies sichtlich mit Erfolg, hat er doch mit den Indern zusammen bereits massgebenden Einfluss in der Organisation erlangt. Wohl nicht zuletzt wegen seiner Perfektion, die er überall an den Tag legt. Für China verfügen wir über ausreichende Informationen, um die Exponenten dingfest machen zu können. Die Transplantationen werden dort übrigens in einem offiziellen Spital, in einem unterirdischen Notoperationssaal vom arrivierten Star-Herzchirurgen Tai Huifeng durchgeführt."

„Und wie ist es in den USA?", fragte Gruber nach.
„Hier verfügt die Organisation über hochmoderne, hightechmässig ausgerüstete Trucks mit Operationssälen. Es handelt sich also quasi um mobile Operationssäle! Auch hier hat der Informant aus den USA sehr präzise Angaben gemacht, welche durch die Ermittler des FBI bestätigt wurde. Hier ist der Informant natürlich gewissermassen an der Quelle und es dürfte für ihn ein Leichtes sein, die Informationen zu verifizieren. Der verdächtige Arzt heisst übrigens John McCline, eine Koryphäe auf seinem Gebiet. Auch er ist regelmässig mehrere Tage von seiner Klinik in New York abwesend, meisten unter Vorgabe von Langzeitstudien und Weiterbildungen. Wir planen den Zugriff auch hier in den nächsten Tagen. Es

eilt jedoch nicht, da unser Informant innerhalb des Netzes dafür besorgt sein wird, dass keine weiteren Morde mehr geschehen werden."

Reidter blickte fragend in die Kamera. Adrian Amstad hatte den roten Knopf gedrückt und das Wort verlang.

„Was geschieht mit Söder?", fragte er.

„Die Organisation wird Söder im Glauben lassen, dass alles wie gewohnt seinen Lauf nehmen wird. Er würde demzufolge am 24. Juli die nächsten Transplantationen in der Festung durchführen. So wie es aussieht, ist im Moment nur eine Operation terminiert. Es könnten aber durchaus auch zwei sein. Unser Plan ist es, ihn dann in seiner eigenen Falle hochgehen zu lassen. Ich darf zu dieser Thematik noch auf erste Ergebnisse meiner Abklärungen mit dem Berner Inselspital hinweisen. Auch hier verfügen wir über relativ präzise Angaben unseres Überläufers. Söder scheint sich mit ihm bestens verstanden zu haben und regelmässig persönlich und fachlich ausgetauscht zu haben. Die Überprüfung der Patientendossiers der vergangenen Monate hat ergeben, dass etliche, nota bene sehr wohlhabende Patienten mit Herzfehlerdiagnosen von Söder ohne diesbezüglichen Befund wieder entlassen worden sind. Und jetzt kommt es knüppeldick: Zwei dieser Personen konnten wir bereits mit Erlaubnis der Staatsanwaltschaft überprüfen. Beide sind von Söder im vergangenen Mai herztransplantiert worden, wobei sie eine strenge Geheimhaltungsvereinbarung unterzeichnen mussten! In einem Fall wurden 6 Millionen Schweizer Franken, im anderen mehr als 3 Millionen Schweizer

Franken auf verschiedene Konten von Söder in den Cayman Islands überwiesen! Diese Bankbelege befinden sich bereits in unserem Besitz. Auf der Seite von Söder wird es nicht so einfach sein, an die entsprechenden Auskünfte zu kommen. Das Schweizer Bankengesetz lässt grüssen. Aber wir arbeiten daran.

Wenn wir Söder dann hochgehen lassen, hoffen wir auch, dass seine gesamte Entourage mit auffliegt. Ohne weiteres Fach- und Betreuungspersonal sind solche risikoreichen und komplexen Operationen nicht durchführbar. Auch hier soll Söder über bestens qualifizierte Spezialisten und Personal verfügen. Wir dürfen nicht vergessen: Irgendwie sind die doch alle Mörder!"

Kurt Imhof hatte per Knopfdruck das Wort verlangt und fragte: „Wissen wir, um wen es sich beim Judas konkret handelt?"

„Nein, leider nicht. Es würde uns aber auch nicht weiterhelfen. Seine Identität ist nur dem FBI bekannt und er steht unter strengem Personenschutz. Wie bereits mehrfach erwähnt, haben sich alle bisherigen Informationen als richtig und äusserst präzise herausgestellt. Gemäss internationalen Vereinbarungen ist Interpol verpflichtet, das FBI bedingungslos zu unterstützen. Und es liegt im Interesse aller betroffenen Staaten, diesen bedeutenden Teil der Herzmafia zerschlagen zu können. In diesem Fall wird es mehr als nur ein Tropfen auf den sprichwörtlich heissen Stein sein."

Nach einem kurzen Moment der Stille ohne weitere Fragen seitens der Konferenzteilnehmer schilderte Reidter das weitere geplante Vorgehen.

„Wir führen an allen drei Standorten in den USA, China und der Schweiz die Ermittlungen und Observationen fort und unsere Einsatzkräfte werden möglichst zeitnah eingreifen, um die Organisation entscheidend zu treffen und gleichzeitig zu lähmen. Das voraussichtliche Datum ist der 24. Juli, wenn bei Söder in der Schweiz die nächste Aktion geplant ist. Söder soll wie bis anhin durch Kommissar Karl-Heinz Gruber, Luc Martens sowie bei Bedarf durch weitere Grenadiere der Schweizer Bundespolizei observiert werden. Er darf von allem nichts mitbekommen. Ein spezielles Augenmerk müssen wir auch auf den Leiter des Inselspitals, Dr. Beat Born, richten. Der Herr scheint uns gar etwas zur Überreaktion zu neigen und darf unter keinen Umständen zu einem Gefahrenpotential oder gar einem Leck werden. Vielleicht müssen wir ihn auch unter einem Vorwand einige Tage ganz aus dem Verkehr ziehen, falls es die Situation erfordern sollte."

Die Konferenz endete kurz nach neunzehn Uhr und Gruber besprach sich danach noch im Büro von Adrian Amstad mit ihm und Kurt Imhof. Thema war die eventuelle Massnahme einer Aufstockung der Observationskapazität für Söder und Martens. Gemeinsam einigte man sich darauf, ab morgen Vormittag eine zusätzliche zivile Patrouille von zwei Mann mit Dienstwagen einzusetzen. Mann erhoffte sich dadurch grössere Flexibilität und die rasche Ausweitung des Aktionsradius, sollte Söder einmal unerwartet seinen gewohnten Rayon verlassen.

*** *** ***

Luc Martens war wie vereinbart Söder auf den Fersen geblieben. Dieser war nach der Arbeit kurz nachhause gefahren, jedoch dann schon bald wieder mit dem Auto von Köniz nach Bern gefahren. Dort hatte er seinen Wagen auf einem öffentlichen Parkplatz nahe des berühmten Berner Bärengrabens abgestellt und war dann zu Fuss zum unweit gelegenen Restaurant Bärengraben gelaufen und hatte dort vor dem Eingang gewartet. Pünktlich um zwanzig Uhr war dann dort auch Caroline Wyss aufgetaucht. Es war gar nicht einfach für Martens, an dieser Stelle zu observieren, ohne an diesem lauen Sommerabend nicht aufzufallen, da sich sowohl neben dem Restaurant als auch gegenüber auf der anderen Strassenseite nur jeweils ein einzelnes Haus befand. Es gelang ihm aber gleichwohl, einige scharfe und brauchbare Fotos von der herzlichen Begrüssung der beiden zu schiessen. Er positionierte sich danach in der Nähe des Parkplatzes, von wo aus er den Eingang des Restaurants einsehen konnte. Gegen zweiundzwanzig Uhr dreissig verliessen Söder und Wyss die Gaststätte und fuhren nach Köniz zu Söders Wohnung. Martens parkte auf der Gegenseite der Strasse mit gutem Blick auf den Eingang zum Mehrfamilienhaus. Im Rückspiegel erkannte er eine Gestalt im Halbdunkel. Es war Gruber, welcher sich ihm unerkannt nähern wollte. Als dieser drei Meter vom Wagen entfernt war, liess Martens kurz die Warnblinkanlage an und öffnete die Beifahrertüre.

Gruber war trotz seiner immensen Erfahrung sichtlich erschrocken.

„Nicht mit mir, Karl-Heinz! Du musst Dich schon noch etwas steigern, wenn Du dich unbemerkt an mich heranmachen willst…!" Martens musste herzhaft lachen.

Gemeinsam vereinbarten sie den nächtlichen Einsatzplan. So konnten beide jeweils einige Stunden auf den unbequemen, zurückgelehnten Autositzen schlafen.

Bern, Schweiz
26. Juni

„Kennen Sie die Frau auf dem Bild mit Dr. Söder?"
Gruber war an diesem Sonntagmorgen früh ins Inselspital gefahren, wo er sich mit Beat Born kurzfristig verabredet hatte.

„Das gibt es doch nicht!!! Ja, es ist Dr. Caroline Wyss, eine ambitionierte und fachliche Top-Assistenzärztin bei uns an der 'Insel'." Born schien sichtlich perplex zu sein.

„Wissen Sie, Liebe am Arbeitsplatz kommt natürlich auch in den besten Spitälern vor." Born lachte dabei gekünstelt. „Wir haben diesbezüglich auch keine Regulative oder gar Verbote. Wenn alles diskret ist und die Arbeit darunter nicht leidet, spricht doch nichts dagegen. Und outet sich ein Paar einmal, können wir bei den Einsatzplänen auch eine gewisse Rücksicht nehmen, falls beide zu eng oder gar im gleichen Team arbeiten. Auf gleicher Stufe kommen Beziehungen am Arbeitsplatz bei uns eher selten vor. Nun gut, zwischen Söder und Wyss besteht ja auch eine Hierarchie, wenn auch auf akademischem Niveau."

„Könnten Sie die Dienstpläne der beiden überprüfen? Sagen wir einmal im Zeitraum der letzten drei Monate?" Gruber blickte Born fordern an.

„Aber selbstverständlich, geben Sie mir eine Viertelstunde, dann kann ich Ihnen gleich Kopien davon aushändigen", antwortete Born beflissen.

„Gut, danke, ich gehe kurz in die Cafeteria. Ich brauche nach dieser kurzen Nacht dringend einen Koffeinschub."

Eine knappe halbe Stunde später analysierten Born und Gruber die Dienstpläne von Söder und Wyss.

„Während der wochenweisen Abwesenheiten von Söder hatte Wyss meistens Dienst, zumindest jeweils nur tageweise frei. Als Komplizin von Söder kommt sie daher wohl eher nicht in Frage." Gruber streifte sich mit der Hand über Nase, Mund und Kinn.

„Das sehe ich auch so", flötete Born. „Sie verfügt auch nicht über die notwendige langjährige Spezialistenerfahrung und das tiefe Fachwissen." Born schien immer noch Mühe mit der Tatsache zu haben, dass sich unter seinen Stabsärzten ein Anstifter zu Morden befand.

„Aber was ist das hier?" Gruber zeigte auf zwei identische grüne Balken am 7. und 8. Juni zu Beginn der letzten längeren Abwesenheit von Söder.

„Die grünen Balken stehen für Weiterbildung. Ich sehe gleich im System nach, um was es sich gehandelt hat." Born loggte sich an seinem Computer ein.

„Das gibt es doch nicht! Die beiden waren zusammen auf einem Kardiologie-Kongress in Berlin! Normalerweise entsenden wir aus Kostengründen nur eine Person an solche Kongresse und vermitteln dann die Informationen intern oder lassen die Kongressunterlagen zirkulieren. Aber Dr. Söder ist natürlich frei in diesen Angelegenheiten anders zu entscheiden", argumentierte Born.

„Nun gut", entgegnete Gruber, „ich sehe darin keine besondere Dramatik. Und da wir nun um die Affäre der beiden wissen, schon gar nicht."

Gruber verabschiedete sich alsdann von Born und bat ihn nochmals um Entschuldigung für den ungeplanten sonntäglichen Einsatz.

*** *** ***

Die folgenden Tage sollten für Gruber und Martens ereignislos verlaufen. Söder und Wyss arbeiteten gemäss ihren unterschiedlichen Dienstplänen. Nur einmal, am Mittwochabend des 30. Juni war der dunkelblaue VW Golf von Caroline Wyss bei Söders Wohnung in Köniz vorgefahren. Wyss war dann die ganze Nacht geblieben und am nächsten Morgen direkt zur Arbeit gefahren. Söder hatte an diesem Donnerstag dienstfrei gehabt.

Bern, Schweiz/Wien, Österreich
2. Juli

Es war an diesem Freitag für Gruber wieder einmal an der Zeit, sich mit seinem Vorgesetzten telefonisch über den Stand der aktuellen Ermittlungen auszutauschen.

Reidter ging zuerst auf die Lage in den USA ein. Dort hatte man den transplantierenden Arzt des Netzwerkes, John McCline, in der Nähe von New York unter Beobachtung gestellt. McCline zeigte Parallelen zu Söder und arbeitete wie dieser an einem renommierten Herzchirurgie-Zentrum als Leiter der Kardiologie. Er führte ein unauffälliges Privatleben und wohnte mit seiner Frau und seinen beiden Töchtern Stefanie und Lea in einem schicken bewachten Appartmentkomplex mit Swimmingpools in New Jersey. In der Nähe seines Wohnortes hatte man mit den Informationen des Verräters – er musste aus dem näheren Umfeld McClines stammen – auch die beiden Operations-Trucks ausfindig gemacht. Sie waren bei dem grossen, US-weitig tätigen Transportunternehmen ACL Cargo in einer riesigen Reparaturhalle untergebracht. Der Inhaber des Transportunternehmens schien dafür eine schöne Summe einzustreichen. Die beiden Trucks waren zudem in den Farben und mit dem Logo von ACL Cargo gehalten. Reidter schloss zu diesem Zeitpunkt auch nicht aus, dass die Transplantationen auf dem Firmengelände der ACL Cargo durchgeführt wurden. Die Überprüfung der Dienstpläne von McCline hatte ergeben, dass er übernächste Woche Ferien beziehen wollte. Der Abtrünnige hatte jedoch totsicher versichert, dass das Netz keine weiteren Organe mehr beschaffen würde und dass er einen internen Stopp aller Aktionen verhängt habe. Einzig McCline und die anderen beiden Ärzte würden davon nichts wissen und im Glauben gehalten, dass die weiteren Aktionen planmässig verlaufen würden. Man wollte ihn seine Vorbereitungen wie geplant weiter durchführen lassen, um dann beim Zugriff möglichst viele an der Aktion Beteiligte ergreifen zu können.

In China sah die Situation anders aus. Der dortige Operateur Tai Huifeng schien kalte Füsse bekommen zu haben, nachdem offensichtlich der Kopf der chinesischen Fraktion, Jiang Xiaho, von Söder massiv eingeschüchtert worden sein musste. Tai Huifeng führte seine Transplantationen offensichtlich im selben Spital durch, wo er auch sonst praktizierte. Die Liste der Schmiergeldempfänger musste aus diesem Grund wohl ellenlang sein. Tai Huifeng war ein international arrivierter Herzchirurg und zählte zu den besten seines Faches. Er lebte zusammen mit seiner Frau Ping Xi und seinem achtjährigen Sohn Max Xiao in einem Vorort von Shanghai. Sein Haus war äusserlich bescheiden, aber dennoch mit allen westlichen Annehmlichkeiten ausgestattet. Noch unklar war, wie und wo der Chinese das Geld ausser Landes geschafft hatte. Ohne Bestechung des staatlichen Bankenapparates ein Ding der Unmöglichkeit. Vielleicht war es ihm aber auch auf irgendeine Art und Weise gelungen, im Ausland ein Bankkonto zu eröffnen. Gelegenheiten dazu gab es wohl auf seinen Auslandreisen bei Kongressen, wo Tai Huifeng als Starreferent auftrat.

Im Falle von Söder schien für Reidter alles klar zu sein. Eine ehemalige Militärfestung mit entsprechendem gespielten Herzblutengagement von Söder, ein dortiger OP-Saal, eine Suite im benachbarten Gstaad als unauffälliges Nobeldomizil während seinen Einsätzen und ein zugegeben spezielles Arbeitszeitmodell für einen Chefherzchirurgen unter dem Vorwand der Work-Life-Balance. Nachforschungen beim überraschend gesprächigen und kooperativen Gemeindepräsidenten von Gstaad hatten die Vermutung des OP-Saales im unteren Stockwerk der Festung bestätigt. Vor kurzem erst hatte eine Delegation von Gemeindepolitikern auf starken Druck den oberen Teil der Anlage besichtigen können. Söder hatte die Besichtigung des unteren Teils, der voll ausgebaut sein musste, unter dem Vorwand eines Wassereinbruches und fehlender Elektrizität aus Sicherheitsgründen ablehnen müssen. Unklar schien noch, wo die Patienten nach der Herztransplantation nachbetreut wurden. Normalerweise liegt man nach der Operation ein bis zwei Tage auf der Intensivstation und anschliessend noch mindestens zehn Tage im Spital zur Überwachung. Abstossreaktionen des Körpers nach Transplantationen waren keine Seltenheit.

Aber wahrscheinlich wurden die Patienten auch in der Festung nachbetreut, bevor sie in aller Regel einige Wochen zur Kur, nach Möglichkeit in alpiner Höhenluft, geschickt wurden.

Gruber rapportierte seinerseits die Observation von Söder. Mit Ausnahme des Nachtessens in Bern und der Übernachtung der Wyss bei Söder zuhause hatten sich die beiden nie getroffen. Die Auswertung einer durch die Bundespolizei angeordneten Handy-Überwachung hatte jedoch ergeben, dass die beiden intensiven telefonischen Kontakt pflegten. Wyss schien auch im Bild über Söders geheime Aktivitäten in der Festung 'Horn' zu sein. Söder hatte sich diesbezüglich immer eher vage ausgedrückt, aber Wyss war sicher gescheit genug, um eins und eins zusammenzählen zu können. Vielleicht wollte Söder auch ihre noch junge Liaison nicht aufs Spiel setzen und sie zu einem späteren Zeitpunkt in sein Team holen. Gruber berichtete im Weiteren, dass man auf seine Einschleusung als V-Mann im Inselspital nach wie vor verzichtet hatte. Dies einerseits, weil Beat Born immer noch ein Unsicherheitsfaktor zu sein schien, aber andererseits vielmehr bedingt durch die Tatsache, dass Söder bei der Observation nicht die geringsten Probleme bot. Eine Annäherung in der Form eines V-Mannes barg zudem immer gewisse Risiken, welche man in der aktuellen Lage nicht eingehen wollte. Obwohl Gruber natürlich noch so gerne einmal als Arzt an einem renommierten Spital gewirkt hätte.

Reidter mahnte Gruber nochmals zu grösster Vorsicht. Immer wenn die Dinge leicht zu sein schienen, konnte bereits die kleinste Unaufmerksamkeit grosse Folgen haben und den Erfolg der gesamten Aktion gefährden. Bis zum geplanten Showdown verblieben noch knapp drei Wochen. Und zwanzig Tage konnten eine lange und langweilige Zeit sein.

Bonaduz, Schweiz
4. Juli

Dr. Cordula Caflisch war an diesem Sonntagmorgen von ihrem Wohnort Rhäzüns kurz in ihre Praxis nach Bonaduz gefahren. Es regnete seit einigen Tagen in Strömen und das Dorf wirkte schwarz, nasskalt und düster. Sie hatte sich mit Dr. Raeto Gander verabredet, welcher mit ihr die letzten Formalitäten betreffend des Organraubes besprechen wollte. Sie hatte im vergangenen Monat immer wieder gezweifelt und hatte ihre Zusage einmal gar rückgängig machen wollen. Aber Gander hatte sie damals rasch umstimmen können und ihr sogar noch zweihunderttausend Schweizer Franken mehr geboten. 1.2 Millionen Schweizer Franken! Was sie nicht wissen konnten: Gander kassierte seinerseits nur für seine Vermittlertätigkeit 1.8 Millionen Schweizer Franken.

Gander war von Davos über den Julierpass zuerst nach Tiefencastel gefahren, und dann von dort links des Hinterrheins entlang dem Tal in Richtung Reichenau gefolgt. Trutzig wirkten im starken Regen die beiden hochliegenden alten Burgen von Rothenbrunnen. Kurz nach Rhäzüns öffnete sich das enge Tal und er erreichte das 3'000-Seelendorf Bonaduz. Das kleine Dorf zeigte fast städtische Züge, ganz im Gegenteil zu dem eben erst passierten bündnerischen Dörfchen. Punktgenau führte ihn sein GPS vor die Praxis von Caflisch. Sicherheitshalber parkte er sein Auto rund sechshundert Meter von der Praxis entfernt und ging von da aus zu Fuss. Pünktlich erreichte er die Praxis. Von seinem grossen grauen Regenschirm schossen stürmische Wasserschwälle. Herzlich begrüsste er seine ehemalige Studienkollegin. Diese wagte gar nicht, ihr erneut mulmiges Gefühl anzusprechen und lud Gander herein ins Trockene.

Gerne nahm Gander den ihm angebotenen heissen Kaffee an und sie setzten sich an einen kleinen Besprechungstisch im Raum ‚Patient 1', wo Caflisch auch schon das Patientendossier von Seraina Barandun bereitgelegt hatte.

„Darf ich mal das Dossier sehen?" Gander streckte dabei seine braungebrannten, dicht behaarten Hände aus.

Caflisch reichte es ihm wortlos. Wohlwissend, dass sie just in diesem Augenblick das Arztgeheimnis verletzte.

Gander studierte das Dossier einige Minuten wortlos.

„Perfekt! Gute Arbeit, Cordula. Sie passt genau auf unser Profil. Einzig das Alter ist mit 32 Jahren leicht unter den gewünschten 40 Jahren. Aber ich denke, dies ist eher noch positiv."

„Ich habe wirklich meinen ganzen Patientenstamm durchgesehen." Caflischs Patientenstamm war auch nicht derart gross. Sie lebte nicht wie Gander in einer Stadt.

„Wie bist Du mit der Patientin verblieben?"

„Ich habe sie für eine Langzeitstudie wegen ihrer Pollenallergie begeistern können. Es war ganz einfach, weil sie wirklich jeweils extrem darunter leidet. Sie kommt nun jeden Donnerstagabend nach der

Schliessung der Praxis zu mir. Ich spritze ihr dann jeweils eine neutrale Kochsalzlösung in den Unterarm. Sie wird am 22. Juli nichts mitbekommen, wenn ich ihr das Betäubungsmittel spritzen werde."

„Um welche Zeit kommt sie jeweils?"

„So gegen 19 Uhr. Dann ist sicher der letzte Patient gegangen."

„Gut, perfekt!", frohlockte Gander. Er reichte Caflisch eine graue Visitenkarte mit einer Telefonnummer in weisser Schrift.

„Wer und wo ist das?" Caflisch kannte die Vorwahl auf dem Kärtchen nicht.

„Es wird ein Mitglied des Netzwerkes in China abnehmen. Du siehst, Sicherheit hat höchste Priorität. Ruf diese Nummer an, sobald die Patientin betäubt ist. Und rufe unter gar keinen Umständen mich an, verstehst Du! Aber Du wirst sehen, alles verläuft ganz einfach. Sobald Du dich gemeldet hast, wird ein kleiner Kastenwagen ohne Fenster vor Deiner Praxis vorfahren und die Patientin durch die hintere Türe einladen. Glaube mir, bei mir hat das keine Minute gedauert und der Spuk war vorüber."

„Ich habe Angst, Raeto! Es ist doch Mord!" Caflisch blickte Gander mit weit geöffneten Augen an und das Weiss umrahmte die kleinen Pupillen in ihren grünen Augen.

„Aber nein, alles wird gut gehen und dann bist auch Du auf einen Schlag Millionärin. Ist doch ein tolles Gefühl, nicht wahr?", beschwichtigte Gander.

„Schon, aber ich bin mir wirklich nicht mehr hundertprozentig sicher, ob es richtig ist!"

„Mach jetzt nicht im letzten Moment schlapp, Cordula!". Gander war nun sichtlich angespannt. „Wir können nicht mehr zurück! Ich habe mein Ehrenwort gegeben und Dir vollends vertraut. Sonst bringen die uns beide um."

„Ist ja schon gut, Raeto, ich dachte ja nur so. Und ich habe das Geld wirklich am nächsten Tag auf meinem Konto?" Caflisch schien sich wieder gefasst zu haben und wirkte fast entspannt.

„Natürlich, das hat bei mir reibungslos geklappt."

„Sonst sind wir dann beide Mörder, und ich einer ohne Bezahlung", hauchte Caflisch leise vor sich hin.

Minuten später war Gander bereits wieder gegangen und im sintflutartigen Regen zu seinem Auto geeilt. Gegenüber der Arztpraxis schob die alte Dora Jenal den Vorhang ganz zurück. Was wohl die Frau Doktor wieder für einen merkwürdigen Besucher empfangen hatte?

Bern/Gstaad, Schweiz
18. Juli

Kurz nach achtzehn Uhr machte sich Söder bereit, um Caroline Wyss bei ihr zuhause abzuholen. Er lächelte. Ja, sie beide waren nun ein Paar! Und niemand konnte sie davon abhalten, nicht einmal Karrer, geschweige denn B.B. Fast lautlos glitt der Phaeton durch die Strassen der Bundeshauptstadt. Söder entlud die CD mit den Klavierkonzerten von Beethoven und schob eine Disk mit ‚100 Pop Giganten' ein. Diese würde Caroline Wyss bestimmt besser gefallen. Er hatte sie vor einigen Tagen in sein Doppelleben eingeweiht. Obwohl er bei ihr zuerst behutsam mit zahlreichen für Wyss unverständlichen Aussagen sondiert hatte, hatte sie ihn ungläubig angestarrt, als er ihr die Wahrheit gesagt hatte. Lange hatte er ihr danach seine Beweggründe dargelegt. Und sie hatte ihn am Ende verstanden und plante ihn fortan zu unterstützen. Handelte sie nur aus Liebe zu ihm? Sie hatte lange darüber nachgedacht, war jedoch zu keinem eindeutigen Schluss gekommen. Wahrscheinlich war beides im Spiel: Lust auf Geld mit der Aussicht auf ein sorgloses Leben und andererseits auch Liebe. Ja, Söder war ihr Traummann! Nun, sie hatte Söder zugesagt und es gab kein Zurück mehr. In solchen Dingen war sie äusserst prinzipientreu.

Der Sommerabend war lau und Söder fuhr mit geöffneten Fenstern ohne Klimaautomatik. Caroline Wyss wartete bereits mit einer dunkelgrünen Reisetasche vor dem Eingang zu ihrem Wohnblock. Söder pfiff bei ihrem Anblick leise durch die Zähne. Sie sah wie immer blendend aus. Er parkte seitlich an der Strasse und stieg zur Begrüssung aus. Er verstaute ihre Tasche im Kofferraum neben seinem voluminösen braunen Arztkoffer aus Leder. Eigenes Gepäck führte er nicht mit. Er war im Palace Hotel in Gstaad bestens ausgerüstet.

Bald fuhren die beiden auf der Autobahn in Richtung Thun. Den Wagen hinter ihnen bemerkten sie nicht. Er war dem Phaeton bereits seit Söders Abfahrt in Köniz in sicherer Distanz gefolgt.

„Jetzt haben wir sie!" Gruber frohlockte und blickte zu Martens. „Wir hüten sie nun wie unseren eigenen Augapfel. Liebend gerne würde ich sie bereits jetzt hochgehen lassen!"

„Nun lass es mal gut sein, Karl-Heinz. Alles zu seiner Zeit. Du kommst schon noch zu Deinen Lorbeeren." Martens klopfte ihm dabei stolz auf die rechte Schulter.

Der Phaeton rollte vor dem Palace Hotel in Gstaad vor. Söder und Wyss entstiegen dem Wagen. Die Reisetasche von Wyss nahm Söder an sich und überreichte dem Hotelportier den Wagenschlüssel zusammen mit einer zwanzig Franken Note. In der Suite liessen sich die beiden dann vom Zimmerservice Lachs mit Toastbrot und Champagner liefern. Früh gingen sie zu Bett. Die kommenden Tage würden es in sich haben.

Gruber und Martens hatten sich gegenüber dem Palace Hotel etwas versetzt zur Tiefgaragenausfahrt in Position gebracht. Obwohl diese Nacht kaum eine Aktion zu erwarten war, hielten sie an ihrem Ablöseplan fest. Sie wollten die zusätzlich zugeteilte zivile Patrouille nicht forcieren, wenn es nicht unbedingt notwendig war. Einige Stunden Schlaf würden so schon zustande kommen.

Kurz vor zweiundzwanzig Uhr klingelte das Handy von Gruber. B.B. war am anderen Ende und schien einmal mehr zu überreagieren, nachdem ihm Gruber den aktuellen Stand der Dinge mitgeteilt hatte.

„Das ist doch die absolute Höhe! Ich kann es immer noch nicht fassen. Die Wyss und der Söder! Und die Wyss macht jetzt auch noch bei diesen kriminellen Machenschaften mit! Suspendieren müssen wir sie. Nein: verhaften! Beide, jetzt und sofort!"

Gruber unterbrach ihn. B.B. musste ohnehin kurz Luft holen. „Nun mal schön langsam, Herr Direktor. Damit würden sie nur die Aktion gefährden. Ich bitte sie also, Ruhe zu bewahren. Ich kann Ihre Aufregung gut verstehen. Und in Bezug auf Frau Wyss ist ja noch gar nichts bewiesen. Vielleicht ist sie nur als Geliebte von Söder hier und weiss nichts von seinem Schattenleben."

„Das will ich mal hoffen!", raunzte B.B. wütend ins Telefon. „Am Donnerstag muss sie wieder zur Arbeit erscheinen. Dann werden wir es wissen. Söder hat ja bis nächsten Montag frei."

Nachdem er aufgelegt hatte, überlegten sich Gruber und Martens einmal mehr, ob es nicht schlauer wäre, B.B. für einige Tage zu neutralisieren. Er konnte durch sein nervöses Verhalten den Erfolg ihrer Mission aufs Spiel setzen. Sie beschlossen, sich am nächsten Tag darüber mit Reidter und Imhof zu besprechen.

Gstaad, Schweiz
19. Juli

Reidter und Imhof waren dem Antrag von Gruber und Martens gefolgt, B.B. vorerst aus dem Verkehr zu ziehen. Eine zivile Polizeistreife hatte ihn am Inselspital abgeholt und ins Pentagon gefahren. Dort wurde er von Imhof höchstpersönlich über den Beschluss informiert. B.B. war zunächst kreidebleich geworden, hatte sich aber bald wieder gefasst und willigte ein, für einige Tage mit seiner Frau nach Österreich zu verreisen und ein wenig Wellness auf Staatskosten zu geniessen. Er beruhigte sich vollends, als ihm Imhof zusicherte, ihn täglich über den aktuellen Stand in und um Gstaad auf dem Laufenden zu halten.

Nach dem Nachtessen riefen Gruber und Martens in Wien bei Reidter an.

„Genial, wie Söder dies alles bisher tarnt!" Gruber und Martens sprachen über die Freisprecheinrichtung in ihrem Wagen mit Reidter. „Josef, das ist ganz grosses Kino, wie der durchorganisiert ist. Um nicht aufzufallen, sind heute mehrere Handwerker-Lieferwagen vor der Festung vorgefahren. Malerei Bertschi aus Interlaken, Elektro Hug aus Gstaad und Sanitär Eberle aus Schönried. Die scheinen auch wirklich in der Festung gearbeitet zu haben, wahrscheinlich immer noch in der oberen Etage oder bei den Zugängen zu den Geschützstellungen. Weisst

Du, wie schnell so ein Handwerker etwas sieht, das er eigentlich nicht sehen sollte? Es muss nur einer etwas zu neugierig sein, und schon wäre es um Söder geschehen. Aber ich denke, so wie ich ihn mittlerweile kenne, wird er auch für diesen Fall die entsprechenden Vorkehrungen getroffen haben."

„Ihr beide scheint mir ja ganz schön beeindruckt", sagte Reidter. „Nur zu gerne wäre ich bei Euch und könnte mittun. Die Gesichter möchte ich allesamt sehen, wenn ihr dann die Falle zuschnappen lasst!"

„Söder war übrigens heute alleine oben in der Festung. Wyss hat gemäss Aussagen des Hoteldirektors des Palace den ganzen Tag den „Spa&Wellness"-Bereich benutzt. Es ist also noch nicht erwiesen, dass sie im Bild über seine Machenschaften ist. Ach übrigens: Danke, dass ihr B.B. neutralisiert habt. Er hätte eventuell zu einem Risiko werden können." Gruber lehnte sich auf dem Beifahrersitz zurück.

Reidter nuschelte ein kaum verständliches „Nichts zu danken" ins Telefon.

„Wie ist der weitere Plan? Wann schlagen wir zu?", fragte Martens.

„Gemäss aktuellem Stand der Planungen am nächsten Donnerstag, dem 22. Juli. Zuerst in China und in den USA, dann am späteren Abend in Gstaad. Gemäss unserem Informanten wird Söder dann zur Festung hochfahren und für mindestens drei Tage dort bleiben wollen. Sobald er und sein ganzes Team vor Ort sind, schlagen wir zu. Wir gedenken dies im Zusammenhang mit einer fiktiven Herzlieferung einzuleiten. Kurt Imhof und seine Leute werden euch dabei unterstützen. Die Aktion in Gstaad trägt übrigens den Codenamen ‚Herzberg'."

„Das sind ja noch geschlagene drei Tage!", monierte Gruber. „Wir haben jetzt schon arge Gelenkschmerzen und Verspannungen wegen den unbequemen Sitzen in unserer Karre!"

„Das ist das Schicksal der Ermittler an vorderster Front! Aber Martens wird dich schon über die Runden bringen, der ist nicht so ein Weichei wie Du eines bist." Reidter lachte dabei herzhaft. „Und noch etwas: Die SOKO HERZ ist allen Hinweisen des Verräters nachgegangen. Die Richtigkeit der Angaben ist einhundertprozentig. Es wissen nur einige wenige Personen im FBI um die wirkliche Identität des Mannes, oder natürlich auch einer Frau. Wir werden nach Abschluss der Aktion ‚Herzberg' weitere Informationen erhalten.

Für die kommende Nacht hatten Gruber und Martens ein anderes ziviles Polizeifahrzeug erhalten, um vor dem Palace Hotel nicht aufzufallen. Sie versuchten erneut, sich für die Nachtstunden, so bequem wie möglich im Auto einzurichten.

Brig/Gstaad, Schweiz
20. Juli

Wie gewohnt waren Dirk Felder und sein Team gegen zehn Uhr von Brig aus mit Ziel Gstaad gestartet. Sie fuhren einen kleinen Personentransporter mit Walliser Kennzeichen. Er gehörte einem Garagisten aus Brig, welcher ihn vermietete. Sie verluden das Fahrzeug in Goppenstein und fuhren mit dem Autozug durch den Lötschbergtunnel nach Kandersteg. Von dort waren sie dann nach rund zweieinhalb Stunden in Gstaad eingetroffen. In der Nähe von Spiez hatten sie einen kurzen Mittagshalt eingelegt. Felder zog diese Route der Variante vom Unterwallis über den Col du Pillon vor. Er liebte Passfahrten nicht besonders.

Gruber und Martens hatten sich getrennt. Gruber wartete vor dem Palace Hotel auf Söder und Wyss, während sich Martens circa einen Kilometer vor der Festung in einem kleinen Waldstück positionierte. Stimmten die Informationen des Überläufers, würde das ganze OP-Team als Wandergruppe getarnt das letzte Wegstück zu Fuss zur Festung hochlaufen. Und in der Tat: Gegen vierzehn Uhr traf die Gruppe ein und verschwand in der Festung. Der Kleinbus war bereits wieder auf seinem Rückweg ins Wallis.

Söder hatte auch wiederum alleine das Palace Hotel verlassen und war mit seinem Phaeton zur Festung gefahren. Caroline Wyss war im Hotel geblieben und hatte es nur einmal für eine kurze Joggingrunde am

Nachmittag verlassen. Abends hatte sie dann gemeinsam mit Söder im Restaurant des Palace diniert.

Gstaad, Schweiz
21. Juli

„Jetzt halt dich mal schön fest, Josef!", sagte Gruber zu Reidter beim abendlichen Telefonat um zwanzig Uhr.

„Nun mal ganz ruhig, Karl-Heinz. War etwa die Wyss in der Festung?", orakelte Reidter.

„Bingo! Du bist wahrlich ein Hellseher!"

„Man hat halt hier in Wien auch so seine Informationsquellen." Reidter schien die Situation sichtlich zu geniessen. „Aber erzähle doch mal."

„Wyss ist mit Söder gegen elf Uhr zur Festung gefahren. Es waren auch wieder dieselben Handwerkerwagen wie gestern da. Und dann ist den ganzen Nachmittag nichts passiert. Nachdem der letzte Handwerker so gegen siebzehn Uhr gegangen war, mussten Martens und ich nochmals geschlagene zwei Stunden warten, bis sich die beiden auch endlich bequemten, zurück ins Palace zu kehren. Im Moment sitzen sie beim Nachtessen. Martens ist vor Ort." Gruber machte eine Pause. Mehr hatte er ja vom heutigen Tag auch nicht zu rapportieren.

„Ich hatte es vermutet, dass sie mit Söder unter einer Decke steckt. Dem Anschein nach aber wirklich erst seit dem Beginn ihrer Beziehung. Und nun zu morgen: Hör gut zu, Karl-Heinz."

„Ich bin ganz Ohr, Josef." Gruber konnte es nach der wochenlangen Warterei ohne V-Mann-Einsatz kaum erwarten, bis es endlich losging. Es ging ihm dabei auch viel weniger um Ruhm und Ehre, als um erfüllende Ermittlerarbeit. Zugegeben, wenn man aber in bedeutenden Teams wie der SOKO HERZ mitarbeiten konnte, war dies schon noch einmal eine Stufe höher zu werten.

„Der Showdown ist für morgen Nachmittag geplant. Zeitpunkt H Null für Aktion ‚Herzberg' ist vierzehn Uhr. Bitte briefe Martens entsprechend. Gemäss den letzten vorliegenden Informationen aus den USA werden Söder und seine Mittäter um zwölf Uhr mittags wie gewohnt die Herzlieferung erwarten. Diese wird natürlich nicht eintreffen. Und bevor Söder auch nur reagieren und fliehen kann, schlagt ihr zu!" Es klang bereits etwas Triumphalistisches in der Stimme Reidters. Gruber verbiss sich eine sarkastische Bemerkung.

„Wann trifft denn der Patient ein?", erkundigte sich Gruber.

„Es ist eine Frau, eine Patientin. Alter circa 30 Jahre, mit schwerster Herzklappendisfunktion. Natürlich aus betuchtem Hause, wohnhaft an der Zürcher Goldküste. Sie wäre niemals so schnell auf die offizielle Warteliste gekommen. Sie wird am frühen Morgen mit dem Fahrzeug von Elektro Hug aus Gstaad zur Festung hochgefahren. Ihr werdet sie also nicht zu Gesicht bekommen. Ausser Elektro Hug werden morgen keine anderen Handwerker vor Ort sein. Und auch Elektro Hug wird wieder abziehen, sobald seine Mission erfüllt ist."

„Wieviel hat sie bezahlt?"

„Keine Ahnung. Ich schätze mal so drei bis vier Millionen Schweizer Franken, wie in den anderen Fällen."

Gruber pfiff langsam und leise durch die Zähne. „Wann gehen wir morgen in Position? Und wo genau?", fragte Gruber.

„Ich werde dir eine verschlüsselte SMS senden. Sobald Söder in der Festung ist, kannst auch Du mit Martens hochfahren. Ihr könnt euch dann Kurt Imhof und seiner Einsatztruppe anschliessen. Wir werden mit deren Fahrzeugen auch die Zugangsstrasse blockieren. Eine Flucht aus der Festung wird also nur zu Fuss durch den Wald möglich sein. Aber so weit wird es gar nicht erst kommen. Ich werde in ständigem Kontakt mit Kurt Imhof stehen. Er wird am Satellitentelefon auf meinen Einsatzbefehl warten. Nur ich und er kennen das Codewort für ‚Herzberg'."

„Josef, haben wir wirklich an alles gedacht? Du weisst schon, was ich meine."

„Es gibt kein Entrinnen für Söder aus der Festung. Es gibt nur den einen Ein- und Ausgang. Söder selber hat die Aufgänge zu den Geschützstellungen zugemauert, um nicht plötzlich unerwarteten Besuch von aussen zu erhalten. Und wenn die Einsatztruppe ‚Enzian' die Festung stürmt, ist es um ihn geschehen."

„Du wirst wie immer Recht haben." Gruber bewunderte insgeheim seinen Vorgesetzen.

Reidter wünschte Gruber eine hoffentlich für lange Zeit letzte unbequeme Nacht im Auto. Zusammen mit Martens brachte sich dieser wieder in Position in der Nähe des Palace.

New York, USA
22. Juli

Die Informationen des Judas hätten präziser nicht sein können. Die auf dem Gelände der Speditionsfirma ACL Cargo stationierten beiden Trucks waren nebeneinander positioniert und mit faustdicken Stromkabeln angeschlossen worden. Leicht versetzt war ein Diesel-Notstromaggregat installiert, welches beide Trucks für mehr als acht Stunden autonom versorgen konnte.

Truck 1 war mit einem modernen Operationssaal ausgestattet. McCline nannte ihn liebevoll 'Cash-Generator'. In Truck 2 befanden sich die beiden Spitalbetten für die Patienten sowie eine Überwachungsstation mit allen notwendigen Apparaturen. Gegen 06.00 Uhr fuhren zwei blaue Wagen vor. Es waren die Krankenwagen mit den heutigen Patienten, welche Millionen Dollars für die bevorstehenden Herztransplantationen bezahlt hatten. Das Pflegepersonal aus Truck 2 nahm sie herzlich in Empfang. Bald sollten die Vorbereitungen für die Operationen beginnen.

Um 07.00 Uhr hatte McCline mit seinem OP-Team Truck 1 durch einen Hintereingang von ACL Cargo betreten. Wenige Sekunden nachdem er von seinen zwei Wachpersonen über Funk das OK für den Eintritt ins Gelände erhalten hatte, waren diese bereits von Beamten des FBI überwältigt und ausser Gefecht gesetzt worden. Nichts ahnend hatte sich dann McCline an die minutiösen Vorbereitungen gemacht.

Alles war bereit für die Anlieferung der Herzen. Doch dazu sollte es nicht mehr kommen. Der Verräter hatte alle Aktionen gestoppt. Nur wenige Minuten nach dem Eintreffen von McCline war das gesamte Gelände der ACL Cargo von Spezialeinheiten der Polizei umstellt. Mit einem Megaphon wurden McCline und seine Mitarbeitenden zum Verlassen der beiden Trucks aufgefordert und zur Aufgabe gezwungen. Als McCline als Erster mit erhobenen Händen aus Truck 1 stieg, sprach aus seinen Augen blankes Entsetzen. Was war geschehen? Die Vermutung lag auf der Hand, wo das Leck war: China…! Jetzt war auch Söder nicht mehr zu retten! Und McCline hatte nicht die geringste Chance, ihn zu warnen. In wenigen Stunden würde auch Söder am Ende sein. McCline schluckte. Ihm wurde schwarz vor Augen und er drohte, ohnmächtig zu werden. Er biss auf seine Unterlippe, bis sie zu bluten begann. Seine Tage als Arzt waren gezählt und viele lange Jahre hinter Gittern standen ihm bevor.

Nach den Verhaftungen wurden die beiden sichtlich unter Schock stehenden Patienten einem bereitstehenden Ärzte- und Careteam übergeben und in ein nahegelegenes Militärspital überführt.

Minuten danach war Reidter in Wien über die geglückte Aktion im Bild.

Shanghai, China
22. Juli

Die chinesische Organisation unter dem Vorsitz von Jiang Xiaho hatte im Juni auf Söders Druck hin kalte Füsse bekommen und vorübergehend alle laufenden Aktivitäten eingestellt.

Am gleichen Tag wie McCline in den USA verhaftete der chinesische Geheimdienst Tai Haifeng an seinem privaten Wohnsitz. Nichts ahnend wollte sich dieser eben auf den Weg ins Spital begeben. Parallel zu dieser Aktion wurde auch Jiang Xiaho dank Informationen des Verräters verhaftet. In seinem Arbeitszimmer fand man umfangreiche Planungsunterlagen für weitere Verbrechen sowie ein Flugticket nach Tokio. Jiang Xiaho hatte vorgehabt, sich in den nächsten Tagen nach Japan abzusetzen, um von dort aus später in die USA zu flüchten.

'Perfekt', dachte sich Reidter, als ihn auch diese Meldung in Wien erreichte, 'nun ist nur noch Gstaad offen!'

Gstaad, Schweiz
22. Juli

Söders Phaeton war gegen halb neun Uhr aus der Tiefgarage des Palace zur Festung hoch gefahren, mit Sicherheitsabstand gefolgt von einer Eskorte mit Imhof und Teilen der Sondereinheit 'Enzian'. Weitere Einsatzkräfte hatten bereits frühmorgens ihre Stellungen rund um die Festung eingenommen. Waren Söder und Wyss einmal oben, würde es für sie kein zurück mehr geben.

Imhof hatte Gruber und Martens an die Zufahrtsstrasse zur Festung kommandiert. Beide trugen ebenfalls das Truppenzeichen von 'Enzian'. Die Fahrzeuge liess Imhof auf einem kleinen Waldweg tarnen. So konnte man im Ernstfall innert wenigen Sekunden die Zugangsstrasse zur Festung blockieren.

Kurz vor Mittag rief Gruber Reidter an. "Lass uns den Kerl dingfest machen, Josef! Lass uns die Festung stürmen!" Er wetterte dabei wild mit seiner rechten Hand.

„Nur mit der Ruhe, Karl-Heinz. Wir bleiben bei unserem Plan. Der Start der 'Operation Herzberg' ist auf 14.00 Uhr angesetzt. Und Du weisst auch, dass Imhof vor Ort das Kommando hat. Ich bin ja nur der Verbindungsmann zum FBI und fühle mich so etwas von unnütz, das kannst Du mir glauben." Die Frustration war aus Reidters Stimme zu hören. Dennoch schien er professionell gefasst zu sein.

„Aber Josef, Du weisst ganz genau, dass Du mit deinen Recherchen ins Wespennest der Organisation gestochen hast und dass der Überläufer nur durch deine Arbeit ans Tageslicht gekommen ist", doppelte Gruber erfolglos nach.

Um 14.00 Uhr waren alle Akteure auf ihren Posten. Gemäss dem Verräter sollte das zu transplantierende Herz um 15.00 Uhr angeliefert werden. Doch die Zeit verstrich bis dahin ohne die geringste Aktion.

„Wann kommt denn endlich dieses verdammte Herz!?" Sichtlich genervt schaute Gruber zu Imhof und Martens.
„Keine Ahnung, ich warte auf Instruktionen aus Wien." Imhof blieb auch jetzt die Ruhe selbst.

Um 15.42 Uhr erhielt Imhof einen Anruf von Reidter. Gruber und Martens konnten seine Reaktion aus nächster Nähe mitverfolgen. Imhof verzog zuerst keine Miene, schüttelte dann aber ungläubig den Kopf und blickte Sekunden danach mit beiden weit geöffneten Augen in die Luft. Dabei schien er etwas anzustarren, was nur er zu sehen schien. Dann senkte der stämmige Mann die angespannten Schultern und trat zu Gruber und Martens.
„Die 'Operation Herzberg' ist beendet!" Er drückte den grünen Knopf an seiner Uhr, um dem ganzen Kommando das Ende des Einsatzes ebenfalls mitzuteilen.
„Was? Was soll das heissen, 'die Operation ist beendet'?", fragte Gruber ungläubig. „Sie hat doch

noch nicht einmal begonnen! Lasst uns die Festung stürmen und Söder verhaften!"

Imhof trat zu Gruber und legte seine Hand auf dessen Schulter. Leise sagte er, so dass es aber auch Martens gut mitbekam: „Das bringt nichts mehr. Söder ist der Verräter!"

*** *** ***

Söder und Wyss sassen um diese Zeit schon im Flugzeug nach Amerika und schlürften in der First Class Champagner. Sie waren bereits in der Nacht zuvor mit einem Taxi unbemerkt nach Zürich an den Flughafen chauffiert worden. Mit gefälschen amerikanischen Pässen hatten sie begleitet von der Polizei mittels VIP-Service eingecheckt. Die nächsten Monate würden sie nun untertauchen müssen. Söder blickte tief in die blauen Augen von Wyss und sah darin den Film seiner unrühmlichen Vergangenheit ablaufen. Am Schluss sah er ein rotes Herz. Und als Wyss sanft die Augen schloss, wusste er, dass sie ihn auch haben wollte.

*** *** ***

Im Nachgang hatte Gruber von Reidter erfahren, dass auch dieser die Identität und den Standort des Verräters erst kurz vor Abbruch der Aktion erfahren hatte. Das FBI war dabei kein Risiko eingegangen, hatte man doch Söder und Wyss die Immunität inklusive einer Zahlung von 8 Millionen US Dollar zugesichert.

Los Angeles, USA
24. Oktober

Söder und Wyss lagen am Swimmingpool ihres neuen Domizils in Malibu. Sie hiessen nun Mark und Eliane Matthews. Nach ihrem Untertauchen mussten sie sich nun noch einige weitere Monate gedulden, um dann langsam wieder Aktivitäten in der Öffentlichkeit entwickeln zu können. Doch sie hatten alle Zeit der Welt. Und wenn Wyss ihre Hände auf den Bauch legte, konnte sie bereits fühlen, was sie beide in den nächsten Jahren beschäftigen würde. Söder hatte bereits im August seine Unterbindung rückgängig gemacht.

Brig, Schweiz
28. Oktober

In Brig waren Dirk Felder und sein Team durch die Schweizer Behörden in zwei Wohnungen untergebracht worden. Söder hatte sich auch hier für alle Immunität ausbedungen. Ziel war eine enge begleitete Integration aller Mithelfer in Tätigkeitsbereichen ausserhalb des Gesundheitswesens, verbunden mit der späteren Rückführung in ihre Ursprungsländer.

Bonaduz, Schweiz
28. Oktober

Dr. Cordula Caflisch hatte ihrer Klientin eben die letzte Placebo-Infusion im Rahmen der Langzeitstudie über Pollenallergien verabreicht. Sie war froh, dass sie im letzten Moment, aus welchen Gründen auch immer, nicht zur Mörderin geworden war. Von Dr. Raeto Gander hatte sie sich ein Schweigegeld von einer halben Million Schweizer Franken erpresst. Das Geld war rasch und kommentarlos auf ihrem Konto eingegangen.

Wien, Österreich
28. Oktober

In Wien hatten Reidter und Gruber die Akten der 'Operation Herzberg' aufgearbeitet und geschlossen. Gruber trauerte weiterhin dem totalen Erfolg nach, musste sich aber letztlich eingestehen, dass es ohne den Verräter Söder noch zu zahlreichen weiteren Morden und illegalen Herztransplantationen gekommen wäre. Und damit allein rechtfertigte sich die Immunität des Schweizer Zweiges der Organisation.

Gstaad, Schweiz
2. November

Zeitungsartikel in den ‚Berner Nachrichten':

Neues Projekt ‚Festung Horn'

Der Gemeinderat von Gstaad präsentierte an der Gemeindeversammlung von gestern Abend das neue Konzept der ‚Festung Horn'. Nachdem der bisherige Eigentümer Dr. Armin Söder offenbar das Land verlassen hat und seither amtlich als verschollen gilt, wird die Gemeinde Gstaad die unterbrochene Renovation weiterführen. Dabei hat eine Begehung durch das Eidgenössische Amt für Militärbauten ergeben, dass die untere Ebene der Festung wegen zahlreicher Wassereinbrüche mit vertretbaren Investitionen nicht mehr instand gestellt werden kann. Hier hatte sich unter anderem ein Operationssaal mit mehreren Krankenzimmern befunden. Der Gemeinderat von Gstaad vertritt die feste Überzeugung, der Bevölkerung auch mit einem redimensionierten Projekt eine historische Attraktivität von landesweiter Bedeutung zu schaffen. Die Eröffnung ist für den nächsten Frühsommer geplant.

ENDE